Max Halbe

Der Amerikafahrer

Max Halbe

Der Amerikafahrer

ISBN/EAN: 9783741193941

Hergestellt in Europa, USA, Kanada, Australien, Japan

Cover: Foto ©Andreas Hilbeck / pixelio.de

Manufactured and distributed by brebook publishing software
(www.brebook.com)

Max Halbe

Der Amerikafahrer

Max Halbe

*

Der
Amerikafahrer

Ein Scherzspiel in Knittelreimen

———————

Dresden
Verlag von Georg Bondi
1895.

Meister

Detlev von Liliencron

gehöre

dies Reimbuch.

Menschen.

Polzin, Nachtwächter und Schneidermeister.
Julie, seine Frau.
Der alte Schmück, Gastwirth.
Peter Paul Cornier, ein junger Besitzer.
Jungfer Stawernack.

Ein ostdeutsches Dorf.

Erster Aufzug.

Die Handlung spielt in der Schneiderwerkstatt Polzins, welche zugleich als Wohnraum dient. Links in der Mitte führt eine Thür zur Schlafkammer. Ganz vorn links bildet eine zweite Thür den Nebenausgang durchs Gärtchen. Der Hauptausgang über den Flur auf die Dorfstraße ist rechts in der Mitte. Zwei niedrige breite Fenster in der Hinterwand gehen auf die Dorfstraße. Vor den beiden Fenstern steht der lange Arbeits= tisch, welcher mit Stoffresten, Scheeren, Ellenmaß, Bügeleisen und sonstigen Schneidergeräthen bedeckt ist. Am Tisch befindet sich ein Schemel. Die Ausstattung des niedrigen Zimmers ist bescheiden, aber sauber und nicht ohne Koketterie. Weiße Tüllgardinen und gleichfarbige Rouleaux vor den Fenstern. Blumentöpfe auf den beiden Fensterköpfen. An der Zwischen= wand ein ovaler Spiegel mit eingesteckten Glückwunschkarten. Gemachte Blumen schauen über den Spiegel hervor. Ein altmodisches Sopha mit einfachem viereckigen Tisch und Stühlen nimmt den hintern Theil der linken Wand ein. Ueber der geschweiften Sophalehne hängen ovale und viereckige Rahmen mit verblaßten Photographien. In der Ecke daneben paradirt auf einem Eckbrettchen eine gläserne Zuckerdose, dahinter eine Vase mit einem verdorrten Brautbouquet in mächtiger Papier= manschette. Zwischen den beiden Thüren schwillt aus der linken Wand ein breiter graugestrichener Mauerofen. Eine Ofenbank läuft herum. Dem Ofen gegenüber, an der rechten Wand, steht ein großer Schrank, der bis zur Decke reicht.

Den hinteren Theil der rechten Wand, jenseits der Thüre, besetzt eine alterthümlich messingbeschlagene Kommode, gekrönt von einem gläsernen Schrankaufsatz. Tassen, Gläser und sonstiges Geschirr in bescheidener Anzahl blinken hinter den geschlossenen Thüren des Aufsatzes. Gleich rechts neben der Thür tickt eine Schwarzwälderuhr, flankirt von einer großen Nachtwächterknarre und einem riesigen Feuertuthorn. An den blaugestrichnen Wänden des Raumes hängen Modellmuster. Es ist ein Abend zu Anfang Januar. Die Lampe brennt auf dem Tisch. Draußen herrscht strenger Frost. Manchmal knarren vor den Fenstern Fußtritte über den hartgefrorenen Schnee. Julie und Jungfer Stawernack sitzen auf der Ofen= bank am warmen Ofen. Die Kukuksuhr ruft soeben acht aus.

Julie

(springt auf, läuft zur Thür, horcht, kommt wieder zurück).

Je so ein Mann, so ein lahmer, tauber!
So ein richtiger Kisten= und Kastenklauber!
Wo steckt er jetzt! Der Kukuk ruft ·acht.
Versäumt noch Nacht und Nachtwächterwacht!
Jungfer, ich sag Ihr mit solchem Mann ...!
Man ist doch rein zu schlimm daran.

Jungfer Stawernack.

Drum pred'ge ich immer, wer ledig bleibt,
Es noch einmal so lange treibt!
Ich konnte wahrhaftig Zwanzig haben,
Sollen mich lieber als Jungfer begraben.
Die Männer sind alle Tyrannen und Mörder,
Erst Augenverdreher mit Schwur und Kuß,
Werden nachher zum Henker Beförder'r! ...
Hör' Julchen, was ich Dir sagen muß.

Julie
(auf und ab, mit blitzenden Augen).

Nein, in der Stadt das flotte Leben!
Jungfer, mein' Seel' drum thät ich geben,
Möcht's noch einmal so wieder kommen,
Kopfüber im Strudel noch einmal geschwommen.
(Sie tanzt trällernd in der Stube umher.)

Jungfer Stawernack
(immer mit zusammengefalteten Händen am Ofen).

Wie doch das wilde junge Blut
Noch immer der Haber stechen thut,
Als wär' es ledig und los von Banden,
Hätte nicht längst am Altar gestanden!

Julie
(ohne auf sie zu hören).

Müßt' wieder als Mädchen wischen und scheuern,
Sonntags dafür zum Tanzboden steuern.
Und gab's mit der Gnädigen auch manchen Strauß,
Hier kam's herein und hier heraus.
(Sie hat sich stramm hingestellt, wie zum Honneurmachen,
lacht und trällert wieder.)

Jungfer Stawernack (horchend).
Pst, draußen, Julchen! Lahmt nicht wer?

Julie (ebenfalls horchend).
Ei, Jungfer, der stappst anders her!

Jungfer Stawernack (noch horchend).
Horch, wie der Schnee unter den Sohlen knarrt!
Erbarm sich Gott! Der Winter macht hart!

Julie.

Ja, hart der Winter und scharf der Frost!
Hat bald kein Holz, kein' Kohlen am Rost!
Ißt trocken Brod statt Fleisch und Schmalz,
Und Zank und Noth als täglich Salz!
Und Eifersüchten sitzen zu Gast …
Das nenn' ich eine fette Mast!
Wär' mir sowas bei der Herrschaft passirt,
Längst hätt' ich mein Bündel zusammengeschnürt!
So aber heißt's: Halt aus und bleib!

Jungfer Stawernack.

Sucht sich doch sein Zeitvertreib!

Julie.

Amüsirt sich auf die eigne Faust …

Jungfer Stawernack (kopfnickend).

Und wacker seinen Mann belauft!

Julie
(mit plötzlicher Heftigkeit).

Was weiß Sie, Jungfer, von meinen Sachen!
Kümmer' sich nicht, was Andre machen!
(Geht auf und ab.)

Jungfer Stawernack (salbungsvoll).

Ich sag' Dir, Kind, es ist Schand' und Sünd',
Was für Geschichten im Munde sind!

Julie (vor ihr).

So sprech' Sie doch! So sag' Sie doch!

Jungfer Stawernack.
Man klatscht so manches Andre noch,
Aber von Allem das schlimmste Stück...

Julie (sich abwendend).
Geht's wieder auf den alten Schmück?
Möcht' sich wohl selber an ihm laben?
Kann lieber ihn heut' wie morgen haben!
Kann sich den Alten sauer braten!

Jungfer Stawernack.
Wer wird denn gleich in Wuth gerathen!

Julie
(mit dem Fuß aufstampfend).
Pfeif' Euch auf Neid und Klatsch und Schwatz!

Jungfer Stawernack.
Wüßt' aber doch einen bessern Ersatz...

Julie (eigensinnig).
So? Jetzt grade zum Schabernack!
Den alten Schmück nicht lassen mag!

Jungfer Stawernack (steht auf).
Hätte doch gern Deinen Mann befragt,
Was er zu all' dem Gethue sagt...?
Nur fort so! Immer fort so! Schön!
Es muß der Krug zu Wasser gehn'...

Julie (lustig).
So lange, bis er bricht zu Scherben.
J Gott! Wir müssen ja Alle verderben.
Der Eine früh, der andere spät,
Wer weiß, wer eher in Scherben geht!

Jungfer Stawernack (aufgebracht).
Na, Du verflucht'ges Sündenmaul!
Du Racker mit Deinem Uhlengegraul.

Julie
(trällernd, hin und her).
Lustig gelebt und lustig gestorben,
Heiß' ich dem Teufel die Rechnung verdorben.

Jungfer Stawernack (geheimnißvoll wichtig).
Julchen! Kennst schon den jungen Tornier?
Wohnt zu Besuch beim Onkel hier …
Sitzt wie angegossen am Pferd! …

Julie.
J, wer mich den Junker kennen lehrt!

Jungfer Stawernack
(Julie umfassend und halb flüsternd).
Bleibt an die sechs oder sieben Wochen …

Julie (spitz).
Hat wohl der Jungfer in's Aug' gestochen?

Jungfer Stawernack
(dicht bei Julie, sehr vertraulich).
Hör' Julchen, laß' mir den alten Schmück,
Machst mit dem jungen Herrn Dein Glück.

Julie
(im salbungsvollen Ton der Jungfer).
Die Eh' bringt doch nichts, wie Noth und Pein …

Jungfer Stawernack
(hat sich wieder auf die Ofenbank gesetzt, ergebungsvoll).

Will aber auch getragen sein.
Der Alte kann Einen im Herzen dauern,
Kein Weib, kein Nichts! Das muß ja versauern!

Julie (wieder nachmachend).

Wie war's doch, Tyrannen und Mörder all . . .

Jungfer Stawernack (eifrig).

Thät's auch dem Armen bloß zu Gefall!

Julie
(steht an den Schneidertisch gelehnt, lauernd).

Und wenn er von Allem nichts wissen will?

Jungfer Stawernack (zuversichtlich).

Hab' ich den Alten nur erst im Drill . . .

Julie
(mit plötzlichem Ausbruch auf sie zustürzend).

Gehörte mir Leben und Ehr' genommen,
Wird ihn bei meiner Seel' nicht bekommen!

Jungfer Stawernack
(steht auf, ihre Augen funkeln grünlich).

Ist das Dein letztes Wort?

Julie
(hält ihren Blick keck aus).

Das letzt!
Weiß schon, wer meinen Mann verhetzt!
Was kehr' ich mich an sein Gekeif',
Schenk' ihm zurück so Wort wie Reif!
Hat mich beschwindelt und betrogen,
Von Geld und Gut mir vorgelogen,

Steck' bis über den Hals im Patsch,
Was mach' ich mir aus Eurem Klatsch!
Will Sie nicht stracks hinlaufen und pätzen?

Jungfer Stawernack
(hat nach draußen gehorcht).

Thut schon den Fuß über die Schwelle setzen.

(Man hört von rechts her einen schweren Schritt.)

Julie
(geht zum Schneidertisch), lehnt sich erwartungsvoll mit dem
Rücken daran).

Steh' ruhig hier am Tisch und wart'...

Jungfer Stawernack
(schlingt ihr Tuch fester um den Kopf, macht sich zum
Gehen bereit).

Laß Jeder es treiben nach seiner Art!
Wird sich schon zeigen, daß nur zum Uebel
Dir das Geschwänz bekommt und Geliebel.

(Die Thür öffnet sich langsam.)

Polzin
(kommt rechts hereingehinkt. Er hat seinen alten Filzhut über
die Ohren gezogen und trägt einen braun verwaschenen dicken
Rock, um den Hals ein wollnes Tuch. Wie er im Zimmer
ist, sieht er sich sorgfältig um, hinkt dann näher).

Abend, Jungfer Stavernacken!

Jungfer Stawernack
(sehr liebenswürdig und laut).

Ei will mich just von hinnen packen.

Polzin

(sieht sich wieder um, dreht sein Ohr gegen Julie, hält die
Hand dran).

Wie? Lauter!

Julie

(am Tisch, laut).

Hab' Dir noch nichts gesagt!

Jungfer Stawernack

(reisefertig, mit süßlichem Lächeln).

Der Meister gleich nach dem Frauchen fragt.
Das nenn' ich mir einen Ehemann!

Polzin

(hat sein Tuch abgewickelt, horcht vergebens hin, schüttelt
den Kopf).

Heut' nicht recht verstehen kann.

Julie

(ärgerlich hin und her, ziemlich laut).

Bloß heut' nicht recht, Du Tropf? So heut',
Wie alle Tage! Thut sich noch breit!

Jungfer Stawernack

(augenzwinkernd, ziemlich laut).

Las Julchen eben die Leviten,
Sollt' sich vor schlechtem Umgang hüten.

Polzin

(legt seinen Ueberrock ab, setzt sich auf die Ofenbank).

Liegt in der Luft so dick und schwer!
Hab' sonsten doch ein gut Gehör!

Julie

(ironisch, indem sie sich am Schrank Polzin gegenüber aufstellt).

Hörst alle Naslang d'rum verquer!

Jungfer Stawernack (neugierig).
Kommt, Meister, wohl vom Schulzen her?

Polzin (verständnißinnig nickend).
Ja, meint Ihr auch, giebt wieder Schnee?

Jungfer Stawernack
(schreit ihm in's Ohr).
Will machen, daß ich weiter geh',
Zu Nachbar Tablacks auf ein Weilchen.

Polzin
(hat ihr wieder zugenickt, zu Julie).
Haft, Julchen, noch Kartoffelkeilchen?

Jungfer Stawernack.
Lebt, Meister, wohl und gute Nacht!
(Julie die Hand reichend.)
Sei Alles wieder grab' gemacht!
Ich bin ein bischen frei heraus ...

Julie
(mit Pantomime, indem sie zum Ofen geht).
Hier fährt's herein und hier hinaus.

Jungfer Stawernack
(mit nochmaliger Wendung).
Und allseits guten Appetit!
(Geht rechts hinaus.)

Julie
(macht eine Nase hinter ihr).
Ist Zeit, daß sie nach Hause zieht!

Polzin

(ist durch Juliens Geberde argwöhnisch geworden, steht lang=
sam auf, hinkt im Zimmer umher, als suche er etwas, guckt
in alle Ecken).

Sonst noch Jemand auf Besuch?

Julie

hat ihn von der Seite beobachtet, indeß sie einen Topf mit
Essen aus der Ofenröhre zieht).

War's an der Jungfer nicht genug?
Nur zu mit Stappsen und Gehinkel,
Vielleicht steckt wer in einem Winkel?
Auch in der Kammer da vielleicht?

Polzin

(plötzlich auf die Kammer zu, mit spähenden Ohren).

Ist grad' als wenn's auf Socken schleicht ...
(Er öffnet die Thür links und tritt halb über die Schwelle.)

Julie

(leise hinter ihm, schiebt ihn plötzlich ganz hinein und schließt
mit einem Ruck die Thür, laut jubelnd).

Gefangen der Herr Schneidermeister,
Sitzt wie die Flieg' im Topf mit Kleister.
Wie schmeckt das Speck, meine süße Maus?

Polzin (von innen).
Laß auf der Stelle mich heraus!

Julie

(die Thür zuhaltend).

Sollst mir ein bischen schrei'n und zappeln,
An Schloß und Klinke tüchtig rappeln.
(Wie zu jenem Dritten, sehr laut.)

Heda, Peter! Flink aus dem Schrank!
Die Mütze von der Ofenbank!
Schnell durch die Thür, vorbei am Örtchen!
Links dann! Und rechts durch's Hinterpförtchen!

Polzin
(hat fortwährend an der verschlossenen Thür gerüttelt, schreiend).
Aufmachen! ... Kerl, wenn ich Dich faß'!

Julie
(wieder wie zu einem Dritten, schreiend).
Flink, eh' er Dich mißt mit dem Ellenmaß!
(Schließt leise die Thür auf, springt zurück.)

Polzin
(reißt die Thür auf, hinkt wüthend herein, greift nach der Elle).
War Jemand hier?

Julie
(auf der Ofenbank, will sich ausschütten vor Lachen).
So such' ihn doch!
Verkroch sich vielleicht im Mauseloch!
Verschwand wie der Schatten an der Wand.

Polzin
(unschlüssig, mitten in der Stube).
Bekomm' ich den in meine Hand!
(Plötzlich auf die Thüre links vorn.)
Ließt ihn zur Hinterthüre durch!

Julie.
Nur tapfer nach und ohne Furcht!

Polzin
(hat die Thür links vorn geöffnet, schreit hinaus).
Wer ist da draußen? Komm her, Du Spitzbub!

Julie.

Suchst ihn vielleicht noch in der Mistgrub?

Polzin

(immer an der Thür hinausschreiend, ohne sich vorzuwagen).

Laß Dich noch einmal hier betappen,
Soll's rechts und links um die Ohren schwappen!
Hab' Dich schon lange auf dem Kick!
(Zu Julie gewandt.)
Julchen ... War's der alte Schmuck?

Julie

(auf der Ofenbank).

Geh, hab' Dich nicht dammlich! Iß Deine Keilchen!

Polzin

(wieder zur Thür hinausrufend).

Du kriegst noch mal Dein Theilchen!
(Er hinkt wieder zurück mit stolz erhobenem Kopf.)
Mal ordentlich ihm gesagt die Wahrheit.

Julie.

Man schämt sich bald für Deine Narrheit!
Hier setz' Dich hin und nimm den Löffel!

Polzin

(setzt sich neben sie auf die Ofenbank. Der Eßtopf steht zwischen
ihnen. Er betrachtet sie. Nach einem Augenblick).

Julchen, was hast Du von dem Söffel?
(Er fängt an, aus dem Topf zu essen.)

Julie

(steht auf, geht in der Stube hin und her, trällert).

Und wenn der Schneider reiten will,
Und hat kein Pferd,

Dann setzt er sich auf den Ziegenbock
Und reit' verkehrt.

(Sie stellt sich vor Polzin auf.)

Warum hab' ich Dich, Dich zum Mann?

Polzin

(sieht vom Topf auf, nickt).

Ja, war eben beim Schulzen 'raun.

Julie

(wendet sich ärgerlich ab, geht umher, macht Polzins Sprech=
weise nach).

Mein Liebchen, zweihundert Thaler Vermögen,
Können ein bischen die Flügel regen.
„Zweihundert Thaler Vermögen", mein Liebchen ...

Polzin

(sieht vom Essen auf, lehnt sich behaglich an den Ofen).

Nichts geht doch über ein warmes Stübchen.
Mir gruselt schon vor der kalten Nacht.

Julie

(ärgerlich vor ihm).

Und wer hat Alles in's Haus gebracht,
Die Möbel, Betten, Sach' und Kleider?
Und wer hat nichts, Du Hungerleider?
Du Lahmfuß, Schwindler, Affenschwanz!
Du Hasenherz! Du Nachtpopanz!
Wo sind die sechshundert Mark Vermögen?
Meinst wohl, nahm Dich der Schönheit wegen?

Polzin

(hat so lange weiter gegessen, legt den Löffel bei Seite, nickt
mit dem Kopf, wirft sich in die Brust).

Ja, Julchen, weit rum der beste Schneider!

Julie
(aufgebracht hin und her).

Nur immer ohne Kundschaft leider.
Thätst lieber flicken, bügeln, nähen,
Statt ewig Deine Frau bespähen.

Polzin.

Jetzt bald zu Ende und vorbei
Mit Schulzendienst, Nachtwächterei,
Mit Tuten, Knarren, Rundentrott,
Mit Gruseln, Frost. Gelobt sei Gott!
Bald Tag und Nächten bei Dir bleib' . . .

Julie
(schreiend, fast außer sich).

Was?! Wer?!

Polzin
(mit verliebtem Blick).

Bei Dir, mein einziges Weib!
So Tag wie Nächten, Nacht wie Tag . . .

Julie
(wüthend vor ihm).

Daß Einer lang zu Boden schlag'!

Polzin

Fritz Faltin kriegt den Nachtwächterposten,
Thut funfzehn Thaler weniger kosten.
Die Herren Besitzer wollen sparen.
Macht hundertfunfzig in zehn Jahren.

Julie (verzweifelt).

Und ich arm Weib? Was wird aus mir?
Lebt man nicht so schön wie ein Thier?

2*

Stopft sich mit Brod und Pellkartoffel,
Du Lügner, Schwindler, Chestoffel!

Polzin

(mit gefalteten Händen).

Nur nicht die Nächte weg von Haus! ...

Julie

(aufgebracht, durch die Stube).

Da fahr' doch gleich der Donner raus!
Will mich jetzt auch bei Nacht belauern!
O Gott! Thu ich Dich noch nicht dauern?

Polzin

(hat ausnahmsweise verstanden).

Nicht fluchen, Julchen! Der Herrgott hört!

Julie.

Mit Wetter und Blitz in die Bude fährt,
Wenn leider nicht eben Winter wär'!

(Bricht in Thränen aus.)

O Gott! Laß mich nicht leben mehr!

(Sie wirft sich auf die Ofenbank.)

Polzin (sie liebkosend.)

Mein Stern! Mein Mäuschen! Meine Schnute!

Julie

(stößt ihn zurück).

Ich bin nicht Deine dumme Pute!

Polzin

(mit plötzlicher Energie aufstehend).

Ich sag' Dir, ich geh' nach Amerika! ...

Julie.

Wärst meinethalben längst schon da!

Polzin
(hat nicht verstanden, hält die Hand an die Ohren).
Wie war's?

Julie
(am Schrank stehend).

Du nach Amerika? Du?
Wer glaubt Dir noch Dein Großgethu!
Bist mit dem Maul ein tapf'rer Zahler!
(Streckt die offne Hand hin.)
Nur hergezählt die zweihundert Thaler!
Ja, vor der Hochzeit groß Aufgetrumpf!
Wo steckt denn jetzt der Thalerstrumpf?
So zeig' doch die sechshundert Mark!
Was scheert mich all Dein Schneiderquark!
Baar Geld! Baar Geld, Du Kirchenmaus!

Polzin
(wieder auf der Ofenbank, schüttelt den Kopf).
Nur nicht die Nächte fort von Haus!

Julie
(hat nach den Fenstern gehorcht).
Kommt straßab wer geritten Galopp . . .
Horch! . . . Jetzt vor der Hausthür . . . halt und stopp!
Herrgott, das . . .

Polzin
(ist durch Juliens Horchen argwöhnisch geworden, steht auf,
hinkt in der Stube umher, sieht sich um).
Ist Jemand hier?

Julie

(stürzt zur Ofenbank, stellt den Topf bei Seite).

Nein, draußen!
Geritten wer! Horch!... Klopft's nicht außen?
Herein!

Polzin

(sehr aufgeregt, ohne zu verstehen).

Ist was passirt?

(Er will nach irgend etwas greifen, wie um sich zu vertheidigen.)

Julie

(erwartungsvoll am Werktisch).

Herein!

(Halblaut zu Polzin, der wieder die Elle ergriffen hat und nach der Nebenthür links vorn späht, als erwarte er dort Jemand.)

Kannst Du denn nie vernünftig sein?

Peter Paul Tornier

(ist von rechts eingetreten, im enganliegenden Reitanzug, Mütze schief auf dem Kopf, Reitpeitsche in der Rechten, während er mit der Linken seine Handschuhe auf dem Hintertheil schlenkert).

'n Abend!... Potz Meister, mit wem die Mensur?
Bravo!... Riskirt Ihr mit mir eine Tour?

(Er stellt sich mit seiner Reitpeitsche gegen ihn, kokettirt dabei mit Julie.)

Julie

(die seine Blicke erwidert, ist von hinten zu ihrem Mann getreten).

So sei doch...! Siehst doch den jungen Herrn!
Thut uns mit seinem Besuch beehr'n.

Polzin
(hat sich verblüfft umgedreht).

Wünsch' guten Abend dem Herrn Tornier.

Peter Paul Tornier
(ihn komisch betrachtend).

Wetter! Habt mich verängstigt schier!
Hat Eure Frau Euch aufgeputscht?
Mal seh'n, wie's mit der Nadel flutscht!

Julie (immer kokettirend).
Hat der junge Herr sich Schaden...?

Peter Paul Tornier
(hat seine Linke mit den Handschuhen krampfhaft hinten
gehalten).

Fatal!
Beim scharfen Ritt ... Mit einem Mal
Aufbäumt mein Gaul. Knacks! Ritz!
Bumms mitten entzwei der Hosensitz!
Fatal, ich sag' Euch, schöne Frau!
(Leiser.)
Schwärm' grad' von Eurem Augenblau.

(Er steht dicht bei ihr und sieht sie zwinkernd an.)

Julie
(wird etwas roth, senkt den Kopf).
Ach, geh der Herr! ...

Peter Paul Tornier (wie vorher).
Bei meiner Ehr'!

Polzin

(hat seine Elle auf den Werktisch niedergelegt, ist wieder näher
gekommen, betrachtet mißtrauisch die Beiden, bemüht sich vergeblich zu verstehen, Hand an den Ohren).

Wie? Lauter!

Peter Paul Tornier

(sehr laut, mit halber Wendung zu ihm).

Am Hosenboden Malheur!

Fixirt mal, Meister, mein Hintertheil!

(Er kehrt Polzin seine Hinterseite zu und beugt sich gegen
Julie vor, gedämpft).

Charmir' mit der schönen Frau derweil.

(Er sucht ihre Hand zu fassen).

Julie

(ängstlich, indem sie ihm einen Augenblick ihre Hand überläßt).

Nicht doch!

Peter Paul Tornier

(nach rückwärts sprechend, während er Juliens Hand drückt
und küßt).

Wie steht's?

Polzin

(eifrig bei der Untersuchung).

Ein großer Krach!

Peter Paul Tornier

(wieder nach rückwärts).

Kam grad' noch her mit Weh und Ach!

Julie

(indeß sie ihre Hand loszumachen sucht).

Sie Unart, Sie! ...

Peter Paul Tornier
(ihre Backen kneifend).

Gleich einzubeißen!

Julie.

Ei, wenn er sieht? ... Thut mich zerreißen!

(Sie tritt einen halben Schritt zurück, wodurch Tornier für einen Moment das Gleichgewicht verliert und nach vorn schwankt).

Polzin
(sieht mißtrauisch auf).

Wie? Was?

Peter Paul Tornier
(wieder mit halber Kopfwendung).

Unreparirbar?

Polzin (aufgerichtet, unruhig).

Sprach wer?

Peter Paul Tornier (wie vorher).

Geht's nicht?

Polzin
(hinkt um die Beiden herum).

Bin heut nicht gut bei Gehör'!
Julchen, dem Herrn im Wege stehst.

(Er sucht sie wegzuschieben.)

Julie
(ärgerlich, sehr laut).

Die Ohren auf! Ob Du's vernähst?!

Peter Paul Tornier (ungeduldig).

Ja, wird's bald, Meister?

Julie (noch lauter).

Ob gleich? Ob später?

Polzin

(aufgebracht zu Julie).

Machst mich noch taub mit dem Gezeter!
Braucht kein Geschrei! Ich höre schon,
Hör' laut und deutlich Ton für Ton!

Peter Paul Tornier

(mit der Reitpeitsche fuchtelnd).

Zum Donner und mein Hosensitz?!

Polzin

(hinkt zum Arbeitstisch, brummt).

Man ist nicht taub, man ...

Peter Paul Tornier

(immer mit der Linken am Hintertheil, um es zu verdecken).

Potz Daus und Blitz!
Ich steh' hier nicht zum Wortgeklaub ...

Polzin

(kramt auf dem Arbeitstisch, brummt weiter).

Man hört genau. Man ist nicht taub.

Peter Paul Tornier

(ärgerlich mit der Reitpeitsche auf die Ofenbank schlagend).

Zum Henker, Meister, bin ja verratzt!
Man fühlt ja schon, wie's weiter platzt!
In Herrgotts- und Dreiteufelsnamen,
Steckt's wenigstens mit Nadeln zusammen.

Julie

(hat an der Ofenbank gestanden, kommt näher.)

Thät ich den Herren nicht geniren ...

Peter Paul Tornier

(in fortwährender Drehung, um sein Hintertheil zu decken.)

Um Gotteswillen, nicht dran rühren,
Da hinten, wie heißt's doch, Nacht und Grauen!
Mir, bitte, nicht nach hinten schauen!

Polzin

(vom Tisch zurück mit Nadel und Zwirn, fängt an zu nähen,
paßt dabei auf seine Frau auf).

Läßt sich für's erste nur verheften.

Peter Paul Tornier

(über die Schulter nach rückwärts).

Geht's, Meister, flott mit den Geschäften?

(Zu Julie, die wieder vor ihm steht.)

Für einen Kuß die halbe Welt!

(Wieder nach rückwärts.)

Wenn's nur bis Haus zusammenhält!

(Zu Julie.)

Seh' schon gespitzt das süße Maulchen ...

Polzin

(aufsehend zu Julie).

Wie?

Julie (unbefangen).

Nichts.

Polzin.

Reich' mir vom Tisch das Knaulchen.

Peter Paul Tornier (ungeduldig).

Noch fertig nicht?

Polzin (nähend).

Ja, heute kalt!

Julie

(vom Tisch zurück, giebt ihm Zwirn, ziemlich laut, mit Blick zu Tornier).

Zur Wache, Deine Zeit kommt bald.

Peter Paul Tornier

(gedämpft zu Julie).

Wär's heute Abend mir vergönnt?

(Fährt plötzlich mit der Hand nach dem Hintertheil.)

Au! Meister! Au! Potz Element!
Das war mein Allerwerthester!
Gebt besser Acht, Verehrtester!
Ihr näht ja wie auf Tod und Leben!

(Sich reibend.)

Ist auch nicht grad' von Pappe eben.

Polzin (aufsehend).

War's gepiekt?

Peter Paul Tornier (ärgerlich).

Ja, war's gepiekt?!
Und vor Vergnügen losgequiekt!
Das zog bis auf's lebendige Leder ...

Julie (zu Polzin).

Aufpassen, ungeschickter Peter!
Nähst ja dem Herrn die Seele fest ...

Peter Paul Tornier (laut).

Wenn er mir nur das Leder läßt!

(Gedämpft zu Julie, mit Pantomime.)

Das hier kam ja schon abhanden.

Julie
(mit verliebtem Augenaufschlag).

Ach Sie!

Polzin (aufstehend).

So fertig!

Peter Paul Tornier
(gedämpft zu Julie).

Liegt fest in Banden!
(Aufsehend.)

Ah fertig!

Polzin
(sein Werk musternd).

Für heut das Gröbste nur.

Peter Paul Tornier.

Und morgen die radikale Kur!
'n Abend, Meister! Flotte Wacht!
Hübsch munter auf der Spitzbubenjagd!
(Zu Julie, indem er ihr die Hand reicht).
Schlich gern mich ein als Herzensdieb,
Geb' Kopf und Kragen Dir zu Lieb'!
Ein Druck als Zeichen!

Polzin
(hat sich prüfend an Torniers Rock zu schaffen gemacht, horcht, ohne zu verstehen).

Ein schönes Stoffchen!

Wohl theuer?

Peter Paul Tornier.
Na rathet!
(Gedämpft.)

Darf man hoffen?

Polzin (horchend).
Von Hoffmann?

Peter Paul Tornier (zerstreut).
Ja, zwölf Thaler.

Polzin (horchend).
Zwölf?

Peter Paul Tornier.
Zwölf!

Polzin.
Mit Wachen?

Julie
(hastig zu Tornier).
Zwischen zehn und elf.

Polzin (immer horchend).
Was sagst Du? Zehn? Wie?

Peter Paul Tornier (sehr laut).
Zwölf mit Lohn!
(Giebt Polzin die Hand).
Addio! Mein Gaul scharrt draußen schon.

Julie
(mit schnellem Händedruck).
Ein Viertelstundchen, Sie böser, höchstens!

Peter Paul Tornier
(nickt, dann im Abgehen zu Polzin).
Und schlauer auf der Diebsjagd nächstens!
(Rechts ab.)

Polzin

(in der Mitte der Stube).

Wie war's? Was sagt er?

Julie

(auf ihn zu, sehr laut).

Die Faxen lassen!
Nicht immer Deine Frau bepassen!
Jagt lieber auf der Spitzbubenjagd!

Polzin (kopfnickend).

Spitzbuben, ja!

Julie.

Bald ganz um's Brod gebracht!
Kriegt rein aus Gnad' den Nachtwächterposten,
Und hat sich steif wie ein Mauerpfosten.

Polzin

(zur Ofenbank hinkend).

Ja, Spitzbuben!

Julie

(vor ihm mit verschränkten Armen).

Wie war's denn mit den Drei
Auf Pred'ger's Aepfeln? Gingst dicht vorbei,
Ein Griff und hieltst sie in der Hand...

Polzin

(aus seinen Gedanken auffahrend, wüthend).

Spitzbuben alle miteinand'!

Julie

(hin und her, halbbelustigt).

Und was bist Du, Du Tapps? Nachtwächter
Bei Tag', und Nächtens Diebsgelächter!

Wärst Du ein bischen flink und hell,
Thät'st nie verlieren Deine Stell',
Hättst Fleisch für Deine Frau und Brod,
Bliebst Nachtwächter bis zum seligen Tod!
(Halb für sich.)
Bleibst' so wie so!

Polzin
(hat mit sich gekämpft, steht auf, wirft sich in die Brust).
Hör', Julchen!

Julie (neugierig, näher).
Was giebt's?

Polzin (streichelt sie).
Julchen! Mein Goldchen!

Julie
(entzieht sich ihm lachend).
Thut wieder verliebt's!

Polzin
(in Positur, wie zu einer That).
Weißt ja, trag' lange schon den Plan,
Wandern mitsamm nach Amerikan!

Julie (lachend).
Das alte Lied! So mach doch Ernst,
Wär' Zeit, daß Du Dich sacht entfernst,
Nur los und gieb Dich auf die Sohlen!
Thust mir den großen Goldschatz holen.
(Trällernd hin und her.)
Mein Goldschatz! Mein Goldschatz!

Polzin
(ärgerlich auf sie los).

Wer ist der Fratz?

Julie (trällernd).

Peter Paul heißt mein goldener Schatz...

Polzin
(wüthend, kann nicht recht verstehen).

Wie heißt er? Wie heißt er?

Julie
(nachmachend, sehr vergnügt).

Wie heißt er? Wie heißt er?
(Mit Baßstimme.)

Polzin, Nachtwächter und Schneidermeister!
(Hin und her, dann in plötzlichem Umschlag, mit Heftigkeit.)
Noch nicht gereist? Was stehst noch da?

Polzin (kopfschüttelnd).

Sag', Julchen, nichts auf Amerika!
Giebt Arbeit für solide Schneider...

Julie
(setzt sich an den Ofen).

Sind nicht genug schon Ellenreiter?

Polzin (eifrig).

Das Geld soll liegen rein auf der Straß'!...

Julie.

Um Gott! Vergiß nicht das Scheffelmaß!

Polzin.

Man hat sein Brod...

Julie.

Auch Schinken drauf?

Polzin.

Der beste Mann kommt hier nicht auf …
Ich schaff' doch mit Jedem um die Wett' …

Julie.

Ja, mit Gesäg' und Geschnarch' im Bett! …

Polzin
(hinkt erregt durch die Stube).

Komm immer nicht auf grünen Zweig!
Da über'm Wasser wird Jeder reich.
Wie viel vom Dorf sind nicht gegangen,
Haben mit garnichts angefangen,
Thun jetzt Geld um Gelder schicken.
Kann uns so gut wie Andern glücken.

Julie (sich aufrichtend).

Wem, uns?

Polzin.

Hab's lange überlegt …

Julie.

Und Dich doch nie vom Platz bewegt.
(Fährt ihm mit der Hand übers Gesicht.)
O Du Nachtwächter!

Polzin (verkniffen).

Ist mir schon längst zu bunt!
Laß' mir nicht kommen wie einem Hund …
Thun bloß den Kopf verdrehen Dir. …

Julie

(entzieht sich ihm).

Dank für den Spaß! Bleib' schönstens hier.

Polzin (ihr nachhinkend).

Wollen Dich rein zum Narren halten...

Julie (ärgerlich).

Selbst Narr!

Polzin

(nicht ohne Selbstbewußtsein).

Man ist doch noch keiner der Alten.
Gehts wohl ein bischen schwer auf dem Linken,
Lieber auf Erden, als oben hinken.

Julie

(ihn komisch betrachtend).

Du Schönheit!

Polzin

(bemüht sich, möglichst grade zu gehen).

Thut' auch nicht grad' so schlimm!

Julie (komisch).

Nein!

Polzin

(gravitätisch einherhinkend).

Höchstens die Schritte kürzer nimm'...
Könnt' sonstens ganz erträglich scheinen!

Julie

(die Hände zusammenschlagend).

Renommirt mit den Hühnerbeinen!

Polzin (verschämt).

Julchen?...

3*

Julie (zurückweichend).

Geh' fort! Du bist mir gräulich!

Polzin
(verschämt hinter ihr).

Julchen? Man ist doch nicht rein abscheulich.

Julie.

Du? Du?!

Polzin
(sucht ihre Hand zu fassen).

Hätt' so manche haben gekönnt!

Julie (zum Himmel).

O Gott! Warum ihn mir gegönnt?

Polzin.

Bin doch Dein Mann!

Julie (gegen ihn).

Ja, leider zum Ekel!

Polzin.

Aeugelst mit jedem dummen Näkel!
Ist man zu schlecht, warum nahmst mich zum Mann?

Julie
(mit eingestemmten Armen).

Ich Dich? Warum? Wie das fragen kann!
Warum zum Mann? Das ist zu stark!

(Sehr laut.)

Du Schwindler, denkst an die sechshundert Mark?
Denkst an den Tag, wie Du mich beschwatzt,
Von Deinem Geld mir vorgebatzt?!

Zweihundert Thaler Summa Summarum!
Weißt jetzt, warum, Du? Darum! Darum?

Polzin (sie streichelnd).
Julchen, sei gut und trag's nicht nach!
War rein vor Lieb' verrückt und schwach....

Julie.
Ei Du! Was trag's nicht nach und Lieb'!
Mir meine Jungfernschaft wiedergieb!

Polzin (liebkosend).
Hab's gut gemeint!

Julie (vikirt).
So?! Ungelogen?

Polzin
(setzt sich auf die Ofenbank).
Hätt's mir gern aus den Fingern gesogen!

Julie (wie vorher).
Was? Wen? Zum Schaden noch den Spott?!
Bist ja der reine Hottentot!
Ei! Losgesogen!

Polzin
(nach der Uhr sehend).
Wird Zeit zur Wacht!

Julie
(mit dem Fuß aufstampfend).
Erst mir ein X statt's U gemacht...!

Polzin (terfinickend).
Ja, reich die Schnarre mir und Horn.

Julie
(geht Schnarre und Horn von der Wand holen).

Hab' rein für nichts mein Sach verlor'n!
Zur Straf sagst's nach: Hab Dich elend bestohlen!

Polzin.
Willst auch den alten Pelz mir holen?

Julie
(bringt alles zur Ofenbank, schlägt ihm auf den Mund).

Ach, mach, daß Du fortkommst, dummer Peter!

Polzin
(geduldig, indem er den Pelz anzieht).

Julchen, mein Knüppel!

Julie
(holt ihn aus der Ecke).

Ziehst doch nicht vom Leder!
Gehört mal tüchtig der Puckel vergerbt,
All' Deine Lügen in's Fell gekerbt,
Zernarbt wie molsche Weidenrinde!

Polzin
(steht in seinem alten Schuppenpelz, das Feuertuthorn um die
Schulter. Seine Rechte hält den Knüppel. Mit der Linken
schwingt er die Schnarre).

Abe, mein Lieb!

(Faßt ihr unters Kinn.)

Julie
(entzieht sich ihm).

Verschwinde! Verschwinde!

Polzin

(plötzlich argwöhnisch, sieht sich nach allen Seiten um).

Kam Jemand her? He? Will's Keinem rathen!
Versalz ihm doppelt und dreifach den Braten!

Julie (ihn hinausschiebend).

Mach nur! Ist höchste Zeit! Halb Zehn!

Polzin

(schüttelt den Knüppel nach allen Seiten).

Wagt Einer, sich's zu unterstehn?!

Julie (muß lachen).

Du Ziegenbock, Du!

Polzin (im Hinausgehen).

Scheint Niemand da ...

(Wie er in der Thür ist, beginnt er heftig zu schnarren).

Julie

(sieht ihm kopfschüttelnd nach, schließt die Thür hinter ihm).

Und so was will nach Amerika.

(Man hört Polzin draußen an den Fenstern vorbei hinken
und schnarren. Das Geräusch entfernt sich langsam, doch so,
daß das Schnarren auch fern aus dem Dorf hörbar bleibt.)

Julie

(kommt von der Thür zurück, sieht sich im Zimmer um, räumt
ein bischen auf, gähnt, setzt sich auf die Ofenbank. Plötzlich
horcht sie nach dem Nebenausgang. Gleich darauf öffnet sich
leise die Thür vorn links).

Schmück

(steckt forschend seinen Kopf durch die Spalte. Dann schiebt
er sich frostzitternd, händereibend, schmunzelnd, in die Stube).

Ei, mit Verlaub? Der Frost ist hart! ...
Der werthe Mann schon abgeschnarrt ...

Julie
(ist erschrocken aufgesprungen).

Um Gott! Wenn er Euch treffen thät'!

Schmück
(näherkommend, immer mit dem sterotypen Schmunzeln und
Händereiben).

Doch mit der Schnarre durchs Dorf erst geht!

(Draußen die Schnarre schon etwas weiter, und während des
Folgenden in Zwischenräumen immer ferner aus dem Dorf.)

Julie.

Ist wieder ganz wie von Rand und Band...
Wünscht' ihn am liebsten ins Pfefferland!

Schmück
(tätschelt ihr schmunzelnd die Backen).

Hm! Hm! Ins Pfefferland! Du Schalk!

Julie
(entzieht sich ihm, setzt eine gefährliche Miene auf).

Träumt nur noch von Prügel und Durchgewalt'!

Schmück
(immer dicht bei ihr).

Doch wohl auf eignen werthen Rücken...

Julie
(mit bedenklichen Stirnfalten).

Könnt' leicht Euch selber mit beglücken!

Schmück
(seinen Pelz lüftend).

Er wird doch nicht! Braucht immer zwei...

Julie.

Sein einzig Wort heißt Volzerei!

(Plötzlich umschlagend.)

Habt Ihr was mitgebracht mir Armen?

(Sie faßt ihm halb komisch in die Pelztasche.)

Schmück
(vorsichtig, indem er sich an sie herandrückt.)

Möcht' erst ein Bischen mich erwarmen...

(Er legt den Arm um ihre Taille.)

Julie (neugierig.)

Thu unterdeß in den Taschen suchen...

Schmück (schmunzelnd).

Beliebts Konfekt oder Apfelkuchen?

Julie
(klatscht in die Hände und sucht eifrig).

Ei! Apfelkuchen und Konfekt!

Schmück
(schmunzelnd, indem er die Gelegenheit ihrer Nähe ausnutzt).

Hm! Wenn man nur wüßte, was besser schmeckt!

Julie (ungeduldig).

Mir alles Beides gleich gefällt!
Wo steckt es denn in aller Welt?!

Schmück (verschmitzt).

Thät gern ein Küßchen mir erobern!

Julie
(sich ihm entziehend).

Wo soll man denn noch weiter schnobern?

Schmück (tätschelnd).

Wie sich das Maulchen schon beleckt!

Julie
(giebt ihm einen kleinen Stoß).

Doch nicht nach Euch! Nach dem Konfekt!

Schmück
(schmunzelnd, wie überrascht).

Nach dem Konfekt?! Da wär's heraus!
Konfekt! Ei! Ei!

Julie (ärgerlich).

Was denn, potz Daus!!

Schmück
(mit ehrsamer Miene).

Thätst lieber mit Konfekt Dich stärken?
Will für die Fahrt zur Stadt mir's merken....

Julie
(mit sehr langem Gesicht).

Was merken? Und heut?

Schmück
(ihre Wangen streichelnd).

Will's treulich buchen.

Julie (aufgebracht).

Und heut nicht Konfekt, nicht Apfelkuchen?!

Schmück (behaglich schmunzelnd).

Ei, Herzchen, kam doch nicht zur Stadt!

Julie
(mit geballten Fäusten).

Mich frechlich angelogen hat?!

Schmück (händereibend).

Wenn übermorgen in's Städtchen komm!...

Julie
(macht ihm einen pikirten Knix).

Bleibt mir mit übermorgen gewogen!

Schmück
(sich wieder nähernd).

Hab' nichts im Laden wie Brustbommbomm....

Julie
(hastig zurücktretend).

Mit Brustbommbomm noch aufgezogen?!

(Sie kehrt ihm den Rücken).

Schmück
(immer hinter ihr).

Ei, ei! Hm, hm! Gleich so pikirt!

Julie
(sich plötzlich wieder umdrehend).

Was hat Euch denn in's Haus geführt!
Muß rein vor Scham mich ja verstecken!
Wünscht' nur, er käm' Euch mal entdecken.

Schmück
(horcht schmunzelnd nach außen, wo das Schnarren ganz weit
verhallen will).

Ti! Ti! Ti! Noch weit im Feld mit Schnarren.
Könnt' eben beim Schulzen vorüberknarren.
Beim Schulzen... Ja... Das Neuste bekannt?

Julie (neugierig).

Was denn?

Schmück.
Fritz Faltin ist ernannt,
Hab's grad' gehört bei mir im Laden,
Wird Nachtwächter von Gottes Gnaden.

Julie (verzweifelt).
Ich Aermste nein...
Wer hat's gesagt?

Schmück (wichtig).
Den werthen Schulzen selbst befragt.
Thun heut' bei mir im Kruge sitzen,
Mit Politik die Köpf' erhitzen,
Weiß nicht, sind's fünfe oder vier...
(Aufzählend.)
Der alte Stobbe, Mey, Tornier...

Julie
(auffahrend und auf ihn zu).
Wer sagt Ihr? Wer? Der Herr Tornier?!

Schmück (schmunzelnd).
Wer wer?

Julie (aufgeregt).
Was sucht Ihr eigentlich hier?

Schmück.
Wer sucht?

Julie (dringend).
Ging wohl schon fort vom Krug?

Schmück
(mit lauerndem Schmunzeln).
Ja, ja. Hätt' reichlich bald genug.

Julie
(zur Uhr hin).

Um Gott! Gleich an die zehen Uhr!
Soll Euch mein Mann denn auf die Spur?!
Was steht Ihr noch? Nur weg! Nur fort!
(Aufgeregt.)
Wie kommt Ihr?..

Schmück (vergnügt).
Komm durch die Thüre dort,
Mein Schätzchen..
(Drängt sich wieder an.)

Julie (ihn wegschiebend).
Was Schätzchen? Wer ist hier Schätzchen?

Schmück (pfiffig).
Stand draußen am bekannten Plätzchen,
Im Gärtchen hinten beim Schweinetrog,
Um's Haar gestolpert in's Brunnenloch,
Koppsfegel gekugelt fünf Klafter auf's Eis,
Im Wuppdich befördert auf die Himmelsreis...
Heidi! Ein gottverdammter Spaß!

Julie
(etwas unruhig und zerstreut, öfters nach draußen horchend).
Was steckt Ihr in fremde Töpfe die Nas'!
Ei, untersteht Euch noch ein Mal!
(Sie geht gegen die Fenster hin.)

Schmück
(setzt sich schmunzelnd auf die Ofenbank).
That spät sich heut' mit dem Signal...

Julie
(dreht sich erstaunt um).

Womit?

Schmück.

Mit dem Signal!

Julie (halb abwesend).

Signal?

Schmück
(mit überlegenem Schmunzeln, nach draußen weisend, wo
grade wieder die Schnarre des Schneiders, jetzt etwas näher,
hörbar wird).
Rrrrr ... macht doch genug Skandal.

Julie.

Pfui, schämt Euch.
(Sie geht mehrmals durch die Stube.)

Schmück (händereibend).
Nichts geht doch über den Ton!
Man horcht im Gärtchen: Schnarrt er schon?
Ach, säß' man drin an seiner Stell!
(Draußen Schnarren.)
Horch, jetzt! Ritsch! Ratsch! Und Hundegebell ...
Der Eine geht, der Andre kommt,
Das nenn' ich mir Bedienung prompt!
(Er ist unterdeß aufgestanden und sucht sich mit kleinen Lieb-
kosungen zu insinuiren).

Julie.

Und prompt Bezahlung hinterher!
(Sie giebt ihm einen Stoß vor den Bauch, daß er zurückprallt.)

Schmück
(mit saurem Schmunzeln).

Thät' nichts, wenn weniger prompt sie wär'!
(Er nähert sich wieder, legt seinen Arm um ihre Taille und
versucht sie zur Ofenbank zu ziehen.)
Ei, ei, heißt man das hier Courant?
(Geheimnißvoll.)
Hätt' leicht noch Wechsel in Hinterhand...

Julie (halb nachgebend).
Seh' Einer den gescheiten Kopf!

Schmück
(schmunzelnd und tätschelnd).

Man hält sich gern beim Essenstopf,
Sehnt sich mal auch nach warmer Kost.
Stand lang genug in Schnee und Frost.
Hui, pfeift der Wind durch kahle Aeste...
Sitzt molliger sich beim Schatz im Neste.

Julie (ihn zurückstoßend).
Pfui, Ihr mit Eurem Geschleck und Gepust'!

Schmück.
Wie voll der Arm... hm, hm... die Brust!
(Er sitzt auf der Ofenbank und will sie auf sein Knie nieder=
drücken.)

Julie
(entreißt sich ihm plötzlich).
Bald aus dem Halse sich erbricht!
Ich mag nicht! Hört Ihr, ich mag Euch nicht!
(Sie retirirt zum Schrank.)

Schmück

(auf sie zuwatschelnd, händereibend, schmunzelnd).

Ei, ei, das Taubchen sträubt die Federn!

Wüßt' mir schon was, den Schalk zu ködern...

Julie (zurückweichend).

Mit sechzig Jahr noch solch ein Bock!

Schmück (schmunzelnd).

Und hält sich steif doch wie ein Pflock,

Auch, Herzchen, Irrung zu verhüten,

Erst sechsundfunfzig, muß ich bitten!

Hat sich erträglich conservirt,

Warum? Weil man sich mäßig geführt...

Sich's aufgespart in jungen Jahren...

Julie.

Und jetzt ein Sünder bei grauen Haaren!

(Horchend.)

Um Gott, schon näher und näher das Knarren!

(Schreiend.)

Er kommt ja!

(Sie wischt ihm zwischen den Fingern durch und stellt sich an
die Thür rechts.)

Schmück.

Nur aus der Haut nicht fahren!

(Horchend.)

Still jetzt! Kein Ton! Wird gleich sich erneuen.

Julie

(mit gefährlicher Pantomime nach draußen).

Kommt Euch mit Faust und Knüppel verbläuen!

Schmück
(horchend, mit vergnügtem Schmunzeln).

Ritsch! Ratsch! Bei der Dorfskath'... Noch weit
vom Schuß!
Wie wär's jetzt mit besagtem Kuß?

(Er kommt auf sie zu, händereibend, schmunzelnd.)

Julie
(läuft hinter den Arbeitstisch).

Laßt mich zufrieden!.. Ich schrei'! Ich schrei'!
(Schreiend.)
Mein einziger Mann! Komm blos herbei!

Schmück
(sucht sie zu haschen).

Ich komm' ja schon, meine werthe Frau...

Julie
(um den Tisch herum, streckt die Arme wie hülfesuchend zum
Fenster).

Ihm alle Koddern vom Leibe hau'!
(Wieder schreiend.)
Mein gutstes Mannchen! Bist doch der Wahre!
Einziger, Bester, dazwischenfahre!

Schmück
(auf der andern Seite des Tisches, muß sich verschnaufen,
schmunzelt athemlos).

Fi! Ja!.. Bringt ordentlich mich in Hitze!

Julie
(wie außer sich).

Wo bleibst Du?!

Der Amerikafahrer.   4

Schmück

(mit Pantomime nach draußen).

Rrrr!

Julie (exaltirt).

Mein Trost und Stütze!

Hilf Deinem Weib!

Schmück

(schmunzelnd nach draußen).

Rrrrr!

(Will ihr wieder nach.)

Julie (schreiend).

Schnell!

Schmück

(kramt in seiner Brusttasche).

Stappst langsam weiter von der Stell'!..

Ja, apropos mit dem Pfefferland...

Julie (erstaunt).

Was ist?

Schmück

(gemüthlich zum Ofen watschelnd).

Hm... hm... Wohl falsch verstand?

Julie

(kommt neugierig vom Sopha näher).

Was meint Ihr?

Schmück

(hat aus seiner Tasche einen Schein genommen).

Hätt' hier so einen Wisch...

(Scheinbar erstaunt.)

Ich denk', man steht noch hinter'm Tisch?

Julie
(sucht ihm von hinten hinein zu gucken).
So zeigt doch!

Schmück
(vorsichtig ausweichend und schmunzelnd).
Ei, schon gepackt beim Rock?
Zu viel der Ehr' dem alten Bock!

Julie
(schmeichelnd, dicht bei ihm).
Ein Blickchen!

Schmück (verbindlich abwehrend).
Neinein..!

Julie
(giebt ihm einen leichten Schlag auf die Hand).
Ach, seid kein Narr!

Schmück
(mit komischer Geberde nach draußen).
Rrrrr! Beim Steg schon das Geschnarr!

Julie
(sucht ihm das Papier abzuringen, mit erhitztem Gesicht).
Ach laß! Was ist's denn? Ein Blickchen von nah!

Schmück
(streckt das Papier in die Höhe, sodaß sie es nicht reichen
kann, schmunzelt).
Ein Fahrschein nach Amerika!

Julie
(einen Augenblick starr).
Was ... Was sagt Ihr? Wer will? Ihr wollt?
4*

Schmück

(das Papier immer vorsichtig behütend).

Mir lieber sonst was thun sollt!

Julie

(streichelt ihm die Backen, sehr liebenswürdig).

Ja? Ich darf? Ja? Ein ganz klein bischen?

(Sie will ihm das Papier wegnehmen.)

Schmück (händereibend).

Hm, Herzchen ... wie wär's jetzt mit dem Küßchen?

Julie

(geärgert, aber ohne daß ihre Augen von dem Papier
loskommen).

Ach, Ihr seid schlecht!

Schmück (kaltblütig).

Ei, nach Belieben!

Julie.

Sehr schlecht!

(Sie drängt sich an ihn heran.)

Schmück

(ausweichend, will das Papier in die Tasche stecken).

Will sacht nach Hause schieben.

Julie

(faßt seine Hand).

So gebt doch!

Schmück

Erst..?

Julie (verzweifelt).

In Gottes Namen!

(Sie überläßt sich ihm.)

Schmück
(schmunzelnd, während er sie in seine Arme faßt).

Vorsicht heißt's bei werthen Damen!

(Er küßt sie.)

Julie
(hält einen Augenblick still, plötzlich).

Pfui, Ihr beleckt mich ja! Pfui Ihr!

(Sie entreißt sich ihm.)

Weg ist der Kuß! Jetzt das Papier!

Schmück
(übergiebt ihr schmunzelnd den Schein).

Ergebenst verehrt dem werthen Mann.
Gleich nächste Woche reisen kann.

Julie (eifrig studirend).

Wahrhaftig! Da steht's! Auf Zwischendeck!

Schmück (verbindlich).

Für Alles gesorgt. Kann schnellstens weg!

(Händereibend.)

Macht vierzig Thalerchen rund und nett ...

Julie
(in kindischer Freude an dem Schein).

Ei nach Amerika ein Billet!

Schmück (süßsäuerlich).

Ja, vierzig baare Thalerchen!

Julie
(puschelt ihm die Backen).

Mein allerliebstes Zahlerchen!

(Wieder außer sich.)

Nein sowas! Wer hätt' sich das gedacht!

Schmück
(mit schlauem Schmunzeln).

Hat oft genug was vorgemacht,
Im Krug uns vollgeklagt die Ohren,
Sich auf Amerika verschworen.
Ei nun! So sei's! Man hat ein Herz
Und schiebt ihn ab amerikawärts.
Des Menschen Wille sein Himmelreich,
Gesegnet ihn und uns zugleich.

(Tätschelnd.)

Seh' mir das Herzchen schon aufgethaut,
Fühlt sich mal sicher in ihrer Haut,
Nicht mehr nach draußen horcht und horcht...

Julie (zusammenfahrend).
(Man hört draußen die Schnarre ziemlich heftig und nah.)

Schmück (mit Pantomime).
Nrrrr! Jetzt kommt er angestorcht!
Ei, werther Freund, das geht heut' kräftig!
Wir hören schon! Nur nicht zu heftig!

Julie.
Schnell! Schnell!
(Sie schiebt ihn zur Nebenthür vorn links.)

Schmück
(eilig watschelnd mit geducktem Kopf und saurem Schmunzeln).
Heißt marsch so allemal!

(Zum Fenster gedreht.)

Na besten Dank für das Signal!
(Wie er an der Thür vorn links ist und Julie noch einmal
unters Kinn fassen will, klopft es eilig an eben dieser Thüre).

Julie
(entsetzt zurückweichend, mit Flüsterstimme).

Herrgott! Was ist?!

(Sie sieht sich hilflos um.)

Schmück
(zusammengeduckt, als ob er in seinem Pelz versinken will).

O Jemine!

(Mit Pantomime nach rechts.)

Und dorther den werthen Mann schon seh!

(Er retirirt sich rathlos etwas nach hinten, während draußen
das Schnarren bedrohlich näher und näher tönt. Gleichzeitig
öffnet sich die Thür vorn links.)

Jungfer Stawernack
(tritt ein, im Umschlagetuch wie vorher, weiß bereift. Sie
bemerkt Schmück zuerst nicht, da sie durch das Lampenlicht
geblendet ist, und wendet sich zu Julie, die an der Ofenbank
regungslos, fast betäubt dasteht).

Komm' gleich durch's Gärtchen hereingeschneit.

Das Pfortchen steht auf sperrangelweit.

Schmück (halblaut brummend).

Ei gottverdammt!

(Er sieht sich ungeduldig nach einem Ausweg um.)

Jungfer Stawernack (umherschnüffelnd).

Horch, sprach nicht wer?

(Prüfend vor Julie.)

War doch, als wenn ich Dich reden hör'? . . .

Ei je, so roth? Erhitzte Mienen?

Julie
(hat sich von ihrem Schreck erholt, stemmt die Arme in die Seite).

Womit kann man der Jungfer dienen?

Jungfer Stawernack
(mit süßem Lächeln).

J, Kind, ich sucht' nach meinem Taschchen ...

Schmück
(hat wie auf Kohlen gestanden, drückt sich sachte vorwärts
und schmunzelt verlegen).

Wär's das vielleicht da bei dem Fläschchen?
(Er deutet auf den Werktisch, schmunzelt dabei wieder und
reibt die Hände.)

Jungfer Stawernack
(auf's höchste verblüfft, puterroth im Gesicht).

Ja, wirklich?! Herr Schmück?! Nein seh ich richtig?
Hör', Julchen, bald werd' ich eifersüchtig!
(Ihre Augen fahren stechend hin und her. Sie droht Julie
wie im Scherz mit dem Finger.)

Schmück
(süßsäuerlich schmunzelnd, sucht ihr auszuweichen).

Hem, hem ... Ergebenst zu Dank verbunden!
Von ungefähr so eingefunden ...
(Sich besinnend.)
Das Pförtchen, ja wahrhaftig, blieb offen!
Ei gottverdammt!
(Er räuspert sich und kratzt sich hinter den Ohren.)

Jungfer Stawernack
(dicht vor ihm, sehr liebenswürdig und verbindlich).

Hab's glücklich getroffen!
(Das Schnarren verstummt plötzlich.)

Schmück
(sehr unruhig, dabei immer in allerdevotester Haltung).

Ja, gottverdankt! So von ungefähr! ...
Grad' im Moment gegangen wär!

Jungfer Stawernack.

Herrje, das paßt sich prächtig!

Schmück

(schon auf dem Sprunge).

Verzeiht!

(Sehr verbindlich.)

Jungfer Stawernack

(fast zerschmelzend).

Ist man auch sicher in Eurem Geleit?

Schmück

(hat seinen Pelzkragen über die Ohren gezogen, duckt sich
zusammen).

Ja, ja ... Es geht ein bißchen plötzlich ...

Jungfer Stawernack

(mit gespitztem Mund).

O gern! Ihr bleibt ja stets ergötzlich ...

Schmück

(ist eiligst zur Thür vorn links gewatschelt, dreht sich noch
einmal um).

Gute Nacht den Damen allesammt!

(Dann im Abgehen brummt er und wippt mit der Hand.)

Das Pförtchen auf! Ei gottverdammt!

(Ab.)

Jungfer Stawernack

(einen Augenblick verdutzt. Wie die Thür sich schließen will,
kommt sie zu sich und stürzt hinterher).

I je, so schnell! Herr Schmück! Herr Schmück!

Julie

(hat an der Ofenbank gestanden und der ganzen Scene
schweigend zugehört, manchmal nach draußen horchend, halb
unruhig, halb belustigt. Jetzt hält sie die Jungfer beim Tuch=
zipfel fest, schreit ihr nach)).
Läßt ja das Taschchen noch zurück!

Jungfer Stawernack

(hat nicht verstanden, in höchster Eile).
Was, Kindchen?

Julie

(zum Tisch deutend).
Da auf dem Tisch beim Fläschchen!

Jungfer Stawernack (sich losreißend).
J, laß bis morgen doch das Taschchen!

(Sie stürzt hinaus.)

Julie

(mit Geberde hinter ihr, halblaut).
Haftsienichtgesehen! Weg!

(Sie läuft zur Mittelthür rechts und horcht. Draußen ist jetzt
Alles still. Plötzlich öffnet sich die Thür vorn links. Polzin
hinkt herein, dick bereift, Schnarre in der Hand, Tuthorn um
die Schultern. Er sieht sich wüthend um und stößt seinen
Knüppel auf den Boden.)

Julie

(ist zusammengefahren, dreht sich um, in höchstem Erstaunen).
Nanu! Von wo kommt Er? Mein Schreck!
Wer kann den Herrn von da erwarten?

Polzin (in höchster Wuth.)
Heraus! Wer war der Kerl im Garten?!

Julie

(kommt näher, setzt ein komisch erstauntes Gesicht auf).

Ein Kerl im Gartchen?! Gerechter Himmel!
Im Gartchen ein Kerl! Na so ein Lümmel!

Polzin

(zur offengebliebenen Thür gewandt, schüttelt den Knüppel).

Ich schlag' ihn todt den Kerl im Pelz!

Julie (ernsthaft verbessernd).

Den Kerl im Gartchen!

Polzin

(in drohender Haltung gegen die Thür).

Dem Hund vergelt's!

Julie

(höchst ernsthaft mit emporgezogenen Brauen.)

Wem? Was? Geht Alles in die Rund'!
Ein Kerl im Gartchen... Im Pelz ein Hund...
Vielleicht ein Pelz im Garten... Wer weiß!

Polzin.

Das Herz ihm aus dem Leibe reiß!

Julie

(wie ein Mühlenrad).

Dem Pelz? Dem Kerl? Dem Hund?... So mach!
Was stehst noch da? Was setz'st nicht nach!
Nur forsch! Die Beine in die Hand!

(Sie will ihn hinausschieben.)

Polzin

(ohne sich von Platz bringen zu lassen).

Möcht' wissen, wo der Kerl verschwand.

Julie.

Nur raus in's Gärtchen und flott gesucht!
Nicht immer hintennach geflucht!

Polzin

schüttelt seinen Kopf, stößt den Knüppel auf den Boden).

Den Kerl bei einem Haar gepackt ...

Julie (komisch).

Bei einem Haar?

Polzin (schwelgend).

Versohlt im Takt!

Julie
(mit Handbewegung zur Thür).

Aport!

Polzin
(schüttelt wehmüthig den Kopf).

Im Dustern nicht zu finden ...

Julie.

Vielleicht noch Laternen beim Mondschein anzünden?
(Sie will ihn wieder hinausschieben.)

Polzin
(wehrt sie ärgerlich ab).

Was schuppst mich immer? Längst ausgerissen!
So was hat's eilig mit den Füßen!
(Er geht zur Thür, schließt sie und hinkt zurück. Plötzlich in
neuer Wuth.)
Wer war der Kerl?!

Julie
(achselzuckend hin und her).

Sahst wohl Gespenster!
Das kommt davon, mein Allerschönster!
Was krauchst durch's Gärtchen? Warum nicht
von vorn?

Polzin
(hat sich auf die Ofenbank gesetzt, ohne seinen Pelz abzulegen,
simulirt hin und her).

Den alten Schmück hab' auf dem Korn . . .
Ich seh' ihn noch! . . . Fühl' was wie Pelz . . .
Bei einem Haar!

Julie (mitleidig komisch).
Du Schneiderstelz!

Polzin.
War was wie Pelz oder wollnes Tuch . . .
(In neuer Wuth sich erhebend.)
Und wenn ich ihn gleich jetzt noch such'!
(Will zur Thür).

Julie
(stellt sich vor ihm auf und klatscht in die Hände).
Ein Tuch?! Ha, ha! Ein Tuch? Von Wolle?
Die Stawernacken war's, die Olle!

Polzin
(besinnt sich an der Thür, kehrt wieder um, schüttelt resignirt
den Kopf).
Hilft nichts! Ist doch schon fort! Zu spät!
So was auf's Laufen sich versteht!

Julie
(außer sich, herumtanzend).
Die alte Jungfer angefallen!
Die Stawernacken in seinen Krallen!

Polzin
(ballt die Faust gegen die Thür).
Du Kerl! Bliebst stehn, hätt'st Du Courage!

Julie.
Die alte Jungfer! Na, die Blamage.

Polzin
(immer gegen die Thür).
Nimmst auch Reißaus, will's Dir schon weisen.
Thun Euch allen aus dem Wege reisen.

Julie.
Ei je, schon heut'? Doch noch bis morgen?

Polzin
(wieder auf der Ofenbank, um sich zu wärmen).
Wär' nichts wie sich Billet besorgen . . .

Julie
(sehr laut, indeß sie ihren Schein aus der Tasche zieht und
ihn Polzin hinreicht).
Hat's garnicht nöthig! Schon Alles da!
Wünsch' glückliche Reis' nach Amerika.

Polzin
(guckt verblüfft den Schein an).
Billet? . . . Für uns?

Julie (sehr laut).
Nein bloß für Dich!

Polzin
(starrt noch immer in das Papier. Sein Gesicht ist sehr
lang geworden).
Für uns Billet . . .

Julie (ärgerlich).
Lies ordentlich!
Sollst erst allein übers Wasser gehen!

Polzin
(betrachtet kopfschüttelnd das Papier).
Hab' nie so ein Billet gesehen.

Julie
(schreit ihm in's Ohr).
Zuerst allein, Du Schwerenöther!
Hör . . . doch! Dein Frauchen kommt schon später.

Polzin
(nickt zustimmend mit dem Kopf).
Ja, später! Später . . .

Julie.
Was? Willst nicht fort?
Jetzt, Vetter, halt' ich Dich beim Wort!
(Sie steht vor ihm und zupft ihn am Ohr.)

Polzin
(wieder in Betrachtung des Scheines versunken).
So sieht das aus . . . Wer das gedacht!
(Kopfschüttelnd.)
Damit über's große Wasser gemacht?
Solch Stück Papier und so weit fahren!

Julie
(hat sich neben ihn gesetzt, legt den Arm um ihn).

Thust tüchtig was für Dein Weibchen sparen.
Bedenk, die Thaler blank auf der Straß' ...

Polzin
(hat wieder das Billet betrachtet, sieht plötzlich auf).

Hör' Julchen! Was ich zu fragen vergaß ...

Julie
(hält ihm mit der Hand den Mund zu, macht seinen Ton nach).

Da drüben für Schneider noch goldene Zeit ...

Polzin
(erhebt sich plötzlich, droht wieder gegen die Thür).

Ich sag' Euch bloß, es kommt noch so weit!
(Nach einem Augenblick wendet er sich heftig gegen Julie.)
Wer war der Kerl? Von wem das Papier?

Julie
(mit verstelltem Schluchzen).

Ich Aermste! Das der Dank dafür!
Hat sich's vom Munde abgeklaubt,
Ihm recht was Gut's zu thun geglaubt ...
(Ihre Stimme erstickt vor Rührung.)

Polzin.

Wer war der Kerl?

Julie (schluchzend).
Doch sonnenklar!

Polzin
(wuthzitternd vor ihr).

Der Kerl im Pelz?!

Julie (einfallend).

Die Jungfer war!
Hätt'st besser die Augen aufgerissen,
Dir nicht vor Angst in die Hosen . . .

Polzin
(Hand an den Ohren).

Wer war?

Julie
(schreit ihm in die Ohren).

Der Pastor nicht zweimal predigt!
Hab' mit der Jungfer Alles erledigt,
Gefragt, geschrieben, her und hin,
Bracht eben den Brief mir von Berlin . . .

Polzin (kopfschüttelnd).
Kein Kerl? Mir war doch ganz wie Pelz . . .

Julie (mit Thränenausbruch).
Selbst Pelz! Und Stein dazu und Fels!
Du Undank! Wollt' recht Dich überraschen,
Ausgelegt aus eigner Taschen.
Funfzig Thalerchen! . . . Kränkst mich so tief!
(Neuer Thränenschwall.)

Polzin
(sie liebkosend, horcht nach der Uhr, die eben Zehn ausruft).
Julchen, mir scheint, der Kukuk rief . . .

Julie.
Kannst die Jungfer selber befragen . . .

Polzin
(macht sich reisefertig, nickt).

Ja, muß mich wieder mit Schnarren plagen.
(Stöhnend.)
Schon über zehn! Hat niemals Ruh'!
(Er liebkost sie.)

Julie (ihn musternd).

Und mach' den Pelz Dir ordentlich zu!
(Sie hilft ihm den Pelz zumachen.)

Polzin (sie streichelnd).
Du bist so gut!

Julie
(giebt ihm einen Klapps).
Jetzt abgeschnarrt!

Polzin.
Die Nacht wird wieder gruselig hart!
(Er hinkt stöhnend zur Thür, öffnet sie und beginnt zu
schnarren. Man hört, wie er sich langsam entfernt.)

Julie
(steht einen Augenblick in der Thür, sieht hinaus, schüttelt sich).
Brrrr! Draußen Alles in Schnee und Reif . . .
(Sie will zurücktreten. Plötzlich schrickt sie zusammen.)

Tornier
(springt aus dem Dunkel des Hausflurs vor und umfaßt Julie).
Die Trautste gleich auf der Schwelle greif!

Julie (halb wiederstrebend).
O je, mein Heiland! Der Herr Tornier!

Tornier
(zieht sie herein und schließt die Thür).
Schon lang' auf Posten vor der Thür'!

Julie
(entwindet sich ihm).
Nein!.. Nein!.. Mein Mann kommt gleich zurück!

Tornier
(will wieder auf sie zu).
Derweil faßt man beim Schopf das Glück!
(Draußen hört man Polzin schnarren. Doch bleibt er dies=
mal näher und setzt länger aus.)

Julie
(läuft hinter den Werktisch, deutet nach draußen).
Hört nicht der junge Herr das Schnarren?

Tornier
(schwankt etwas und lacht).
Hält Einen ... die kleine Frau zum Narren!
(Nach draußen.)
Das Schneiderchen?!.. Buckel.. Buckel lang rutschen!

Julie
(läßt sich fassen, sträubt sich scheinbar).
Pfui!

Tornier
(sie haltend, mit strafendem Ton).
Imm ... Immer aus den Fingern wutschen?
(Küßt sie.)

Julie
(reißt sich nach einem Augenblick los).
Pfui, Sie sind schlecht! Nicht auf den Mund!

5*

Tornier (trällernd).
Und wer ihn küßt, wird gleich gesund . . .

Julie
(in der Mitte des Zimmers, ironisch).
Der junge Herr saß wohl im Krug?

Tornier
(nähert sich ihr wieder).
Mein Herz . . . auf Wort, wie ein Pferdshuf schlug . . .
Konnt's nicht erwarten . . . saß wie auf Kohlen,
Mein Deputat vom Schönchen zu holen . .

Julie
(ihm geschickt ausweichend).
Hat man denn abgedient sein Zeit
Voll Demuth und Ergebenheit?
Verlangt schon Deputat und.Lohn?
Spricht mit der Frau in solchem Ton?
Was sind denn das für neue Sitten?
(Sie steht an der Ofenbank, hat die Arme in die Hüften ge=
stemmt und den Kopf herausfordernd auf die Seite geneigt.)

Tornier (muß lachen).
Dann möcht' ich doch . . . mein Miethsgeld bitten.
(Er will sie umarmen.)

Julie
(wie in plötzlichem Schreck den Finger erhebend).
Horch! Da!

Tornier
(läßt unwillkürlich seinen Arm sinken, horcht).
Wo denn?

Julie

(mit Pantomime des Schnarrens).

Horch! Ritsch! Ratsch! Rätsch!

Tornier

(ungeduldig horchend, da Alles still ist).

Wo denn?

Julie (nachspottend).

Wo denn? Im Mond! Aetsch! Aetsch!

(Sie entspringt ihm und stellt sich am Schrank auf. Mit
komischer Musterung.)

Was hat der Herr eine feine Taille!

Tornier

(in komischem Aerger auf sie zu).

Na wart! Noch spotten, Du kleine Kanaille?!

(Draußen läßt sich das Schnarren auf einmal sehr nahe hören.)

Julie

(halb erschreckt, mit Bewegung nach draußen).

Schnarrrr! Bei Stobbes Kathe! Jetzt rasch!

Tornier

(erhitzt und aufgestachelt).

Käm' gleich der Leibhaftige, ich biet ihm Pasch!

Julie

(flüchtet sich wieder zum Werktisch, verschanzt sich hinter dem
Schemel, deutet aufgeregt nach draußen).

Raus doch! Kommt gleich ja angesetzt!

Tornier

(sucht sie hinter dem Schemel zu fassen).

Revanche! Die Schlappe wird ausgewetzt!
Ein End' jetzt mit dem Gesopp' und Geträdel!

(Er will den Schemel festhalten.)

Julie

(entreißt ihm den Schemel und schwingt ihn hoch).

Holla! Zurück! Sonst kracht der Schädel!

(Die Schnarre tönt plötzlich vor den Fenstern. Ein eiliges
Hinken ist zu hören.)

Tornier

(prallt einen Augenblick zurück, verschlingt das Weib mit
den Augen).

Julie

(immer mit hochgeschwungenem Schemel).

Zurück, sag' ich! Es kracht auf den Deetz!

Tornier (außer sich).

. Ei, Donnerschock! An's Leben geht's!

(Er unterläuft den Schemel, der hinter ihm niedersaust, und
umfaßt Julie. Die Thür öffnet sich.)

Julie

(sucht ihn mit aller Kraft zurückzustoßen).

Los—lassen!

Tornier

(preßt sie mit Gewalt an sich).

Hab' ich Dich fe—st! Jetzt wehr' Dich!

Polzin

(ist rechts durch die Thür getreten und wie erstarrt stehen
geblieben. Plötzlich stößt er den Knüppel auf den Boden und
schreit, ohne sich vom Platz zu rühren).

Jul—chen!

Julie (sich losringend).

Schrei' man nicht so! Ich hör' Dich!

Polzin
(in komischer Verzweiflung, immer auf demselben Platz).
Jul–chen! Dein Mann!

Julie
(geht zur Thür, schließt sie, stellt sich vor Polzin auf).
So zeig' Dich mal muthig!
(Auf Tornier deutend.)
Hier steht der Herr!... Jetzt giebt's ihm blutig!
Hat Dir Dein Weibchen abgeküßt...

Tornier
(der sich einen Augenblick zurückgehalten hat, tritt jetzt vor,
geht auf Juliens Ton ein, nimmt eine herausfordernde Miene
gegen Polzin an).
Wenn's Euch nach Satisfaction gelüst...?

Julie
(mit lauter Entrüstung).
So einzufallen bei Nacht und Nebel!

Tornier (großartig).
Pistolen gefällig? Krumme Säbel?

Polzin
(Hand an den Ohren, ohne sich zu rühren).
Wie? Lauter!

Tornier.
Steh' Euch zu jedem Gang!

Polzin
(hinkt langsam zur Ofenbank, dreht sich plötzlich zu Julie um).
Julchen! Die Pulswärmer aus dem Schrank!

Julie
(einen Augenblick verblüfft, sehr laut).
Die Pulswärmer?

Polzin
(kehrt ihnen den Rücken, nickt über die Schulter).
Pulswärmer!

Tornier
(dreht sich auf dem Absatz um).
Auf Pulswärmer sich schlagen!

Polzin
(zu Julie, belehrend).
Dir ein für alle Mal das sagen:
Bei solcher Kälte, künftigenfalls,
Die Pulswärmer, merk' Dir, und was um den Hals!

Tornier
(wie in Auslage gegen Polzin).
Auf Pulswärmer! Los und angefangen!

Polzin
(in plötzlicher Wuth auf Tornier zu).
Der junge Herr noch nicht gegangen?

Tornier (verblüfft zurücktretend).
Oho!

Polzin
(ist zwei Schritt vor Tornier stehen geblieben, zittert).
Das hier ist meine Stube . . .
Julchen! Bringst mich noch in die Grube!
(Mit geballten Fäusten, aber immer in vorsichtiger Deckung.)
Ich sag' bloß, wär's ein Andrer!

Julie

(hat die Pulswärmer aus dem Schrank geholt, tritt zwischen die Beiden, mit lauter Stimme).

Schon gut!
Der junge Herr ja Spaß machen thut!

Tornier

(klopft Polzin auf die Schulter).

Selbstredend, Meister, Alles Spaß!
Hörten Euch lang' schon auf der Straß'!
Mal sehen gewollt, wie Ihr Euch stellt!
Bravo! Habt Euch geführt als Held!

(Seine Mütze schwenkend.)

In diesem Sinne ...!

(Halblaut zu Julie, drohend.)

Wir machen's noch wett!

(Er geht ohne sich umzusehen rechts hinaus.)

Polzin

(ihm nachsehend, schüttelt den Kopf, wendet sich langsam zu Julie, wie mit einem Entschluß ringend).

Julchen! ... Wo hast Du das Billet?

Julie

(stemmt die Arme in die Hüften, mustert ihn von oben bis unten, schweigt mit lachendem Gesicht).

Polzin

(hinkt einen Schritt näher, kämpft mit seiner Rührung, bricht plötzlich aus).

Wirst noch nach Deinem Mann Dich sehnen!
Wirst noch mich suchen mit heißen Thränen!
Gestraft wirst sein!

Julie (lacht belustigt).

Gestraft? Haha!

Polzin

(mit wachsender Rührung).

Wirst nochmal beten: Ach, wär' er da!

Julie

(neigt den Kopf auf die Seite, droht ihn mit dem Finger).

Nanu, was träumt denn dem Großpapa?

Polzin

(ohne auf sie zu hören, schüttelt die Faust und schluchzt heraus).

Euch Allen zur Straf' nach Amerika!

(Vorhang.)

Zweiter Aufzug.

(Vier Wochen später. Anfang Februar. Die Schneiderwerkstatt
Polzin's wie vorher. Es ist früh am Vormittag. Trübgraues
Licht dämmert in dem breiten, niedrigen Raum. Draußen
klatscht der Regen gegen die Fenster. Der Sturm braust.
Hinter den verwaschenen kleinen Scheiben ist undeutlich ein
Stück der verregneten Dorfstraße sichtbar. Ein Bettsack und
ein großer alter Reisekorb stehen mitten in der Stube. Die
Schrankthüren stehen weit auf. Die Kommodenschubladen sind
weit aufgezogen. Die Mittelthür links zur Schlafkammer ist
geöffnet. Polzin und Julie sind mit Packen beschäftigt. Beide
sind feiertäglich angezogen. Er holt die Sachen zusammen.
Sie legt sie in den Korb, untersucht sie aber vorher erst genau.)

Polzin

(hat ein paar alte Hosen aus dem Schrank genommen, hinkt
damit zum Arbeitstisch, der fast abgeräumt ist. Seine Haltung
ist gedrückt. Seine Stimme klingt noch melancholischer als sonst).

Schnell ein bischen zusammensteppen.

(Er deutet auf einige Risse in den Hosen.)

Julie

(aufsehend, mit Geberde zum Schrank.)

Willst gleich nicht das Spind über's Wasser schleppen?

Polzin

(betrachtet wehmüthig die Hosen).

Die Hosen so manches Mal getragen ...

Julie
(sieht zur Uhr, erhebt sich vom Korb).

Weißt auch, mein Lieber, gleich neun wird's schlagen.
Ein bischen dalli! Um eins der Zug!
Hast bald den Korb nicht voll genug?

Polzin.

Julchen?
(Er hat immer noch die durchlöcherten Hosen in der Hand.)

Julie (ungeduldig).
Was denn?

Polzin (gerührt).
Julchen?!

Julie
(an den Tisch gelehnt, sehr laut).
Was?

Polzin
(schluchzend in Rührung).
Werden Dir gar nicht die Augen naß?

Julie.
Die Augen naß? I freilich! Natürlich!
(Sie zieht ein Taschentuch vor und schnäuzt sich.)

Polzin.
Julchen! Mir ist so weinverspürlich!
(Er wischt sich mit der Hand die Augen.)

Julie
(ihm nachmachend, mit halblautem Seufzer).
Mir ... auch!

Polzin.

Sag', wirst auch an mich denken?

Julie
(mit melancholischem Blick zu Kommode und Spind).

Ja, oft genug bei den leeren Schränken!
Hat ordentlich den Korb sich vollgestopft!

Polzin
(dicht bei ihr, legt den Arm um sie).

Fühlst, Julchen, wie das Herz mir klopft?

Julie (sich schnäuzend).

Sollst treulich mir im Gedächtniß bleiben.

Polzin
(sie umfaßt haltend).

Will Brief über Brief an's Frauchen schreiben.

Julie
(streichelt ihm zärtlich die Backen).

Vergiß doch nicht, was einzulegen,
Ein Scheinchen vielleicht, der Neugier wegen.
Ist's auch nicht viel, man doch sich freut.
Ein Spargroschen für die schlimme Zeit!
(In Schluchzen ausbrechend.)
Ja, ja, ich Aermste, jetzt ganz verlassen!
Ausgebeutelt Spind und Kassen!

Polzin
(zum Fenster horchend, mit gefalteten Händen).

Bei Wetter und Braus über's Wasser rüber!

Julie
(ihn komisch musternd).

Besaugst wohl Hungerpoten lieber?

Polzin
(hinkt wieder auf sie zu).

Julchen, ich laß .. Dich nicht im Stich!

Julie
(mit pathetischer Geberde).

Gott ist mein Zeuge! Dir opfre ich mich!

(Auf ihn zu.)

Was suchst am Spind? Noch was beliebt?

Polzin
(ist in plötzlichem Einfall zum Schrank hin, sucht nach etwas,
sieht auf).

Julchen? Ob's drüben auch Pulswärmer giebt?
Nur nichts vergessen! Wer weiß wie's geht!
Sitzt man erst drüben, dann ist's zu spät.

(Er hat die Pulswärmer gefunden und bringt sie zum Korb,
schüttelt den Kopf.)

Julie
(auf ein paar Strümpfe am Boden deutend, während sie
einpackt).

Die Socken vom Boden! Kein langes Gefackel!

Polzin
(reicht ihr die Strümpfe, schüttelt sich zähneklappernd).

Julchen, ich fühl' schon das Schiffsgewackel!

Julie
(lacht, macht die Geberde des Schaukelns).

Schlaf, Kindchen, schlaf!...

Polzin (bibbernd).

Mir dreht's rundum!

Julie (wieder einpackend).

Reich' mir die Hemden und hab' Dich nicht dumm!
Wirst mir wahrhaftig den Zug verpassen!

Polzin
(umarmt sie schluchzend).

Mein Herz, mein . . .! Ich kann Dich ja nicht lassen!

Julie.

Ich auch nicht! Ich auch nicht, mein einziger Mann!
Ich komm' hübsch nach! Reis' nur voran!
Ich Dich um Dein Glück belmngern?
Lieber im Elend darben und hungern!
Lieber verkommen auf offener Gasse!
(Sie fängt wieder an zu packen.)

Polzin
(mit plötzlichem Schreck auf das Glasspind deutend).

Julchen, die Geburtstagstasse!

Julie.

Setzt auf der Reise Puff und Stoß!
Laß lieber hier, zerschlägst sie bloß!

Polzin
(ohne auf sie zu hören, hinkt zur Kommode).

Werd' immer denken an Dich beim Trinken!

Julie
(vom Packen aufsehend).

Was hast schon wieder zum Spindchen zu hinken?
(Sie springt auf und läuft ihm nach, sehr bedenklich.)
Pack' Dir den Koffer nicht zu schwer!
Weißt ja, geht über's tiefe Meer,
Viel tiefer als unsre Gänseblänke . . .

Polzin
(die Hände faltend, jämmerlich).

Daß bloß nicht der Herr uns mit Sturm beschenke!
Wär's nicht für Dich, ich blieb zu Haus!

Julie
(leitet ihn sacht von der Kommode wieder zum Korb).

So'n Schiff hält allzuviel nicht aus.
Der schwere Koffer! Das thut nicht gut!
Ich sag' Dir bloß, sei auf der Hut!
Ei, wenn's mit Eins zusammenkracht?

Polzin
(nach draußen horchend, wo der Sturm immer wilder rüttelt).

Du gnädiger Himmel, wär's erst vollbracht!
So horch doch bloß! Horch bloß, mein Kindchen!

Julie
(streichelt ihm die Backen, deutet nach dem Glasspind).

Nicht wahr, das Täßchen bleibt im Spindchen?

Polzin
(wieder etwas aufgerichtet).

Julchen, versprich mir . . . in einem Jahr . . .

Julie (sich schnäuzend).

Läßt mir schon nichts zurück in Baar,
Thust mich so grausam verrathen und kränken,
Doch wenigstens die Sachen zum Angedenken!

Polzin
(sie am Aermel zupfend).

Julchen, im Jahr kommst nachgereist?

Julie
(wehrt ihn ärgerlich ab).

Mir meinen Aermel noch zerreißt!
Siehst ja, muß packen Hals über Kopf.
(Sie hat ein Hemde auseinander gebreitet und steckt die Nase
durch ein großes Loch.)
Baaah!... Fix da das Loch zusammenstopf'!

Polzin (immer bittend).
Julchen, im Jahr! Mußt mir versprechen!

Julie.
Nur sowas über's Knie nicht brechen!
Mich nicht zu früh über's Wasser holen,
Nicht wieder von Geld und Gut mir sohlen.
Man kennt Dich ja, Du Lügenmaler!
Du weißt doch noch, die zweihundert Thaler!
Erst halt' Dich dran! Verdien' mir Moos!...
Was stiert mich an? Mit Stopfen los!
(Sie packt ihn beim Kragen und schiebt ihn zum Arbeitstisch,
wirft ihm das zerrissene Hemde über und läßt ihn stehen.)

Polzin
(unter dem Hemde, das er im Augenblick nicht entwirren kann).

Julchen, wo bist Du?

Julie
(sich vor Lachen schüttelnd).
Kukuk! Kukuk!
Ach Gott, man lacht sich bald den Schluckuk!

Polzin
(zappelt noch immer unter dem Hemde).
Julchen!... Hilf mir!...

Der Amerikafahrer.   6

Julie
(platzt von Neuem los, wie er plötzlich seinen Kopf durch das
Hemde streckt).

Du Unschuldsengel!
Im weißen Hembdchen, Du Lilienstengel!
Du Nachtgespenst um Uhre zwölber!
Bist gar noch der Erzengel Gabriel selber?

Polzin
(schielt scheu nach seinem Hemde, melancholisch).

Lach' mich nur aus: Ich sterb' in der Fremde!
Ich sag' Dir, das ist mein Totenhembde!...
Lach' nicht, Julchen!

Julie
(plötzlich auf ihn zu).

Stopf! Stopf! Stopf! Stopf!
Und steh' nicht da wie ein Sauertopf!
(Sie läßt ihn stehen und geht wieder zum Korb.)

Polzin
(hockt auf den Schemel nieder und stützt den Kopf in die Hände).

Bald in dem Hemde mich begrabt!
Hab' all mein Lebtag nichts gehabt,
Von jung an nichts wie Noth und Plag'!
Hunger und Prügel alle Tag'!
Ach, wär's doch erst am letzten End'
Und einmal Ruhe mir vergönnt!
(Er seufzt tief auf.)

Julie
(hört wieder mit Packen auf und geht zu ihm, faßt seinen
Kopf und giebt ihn einen Schmatz auf den Mund).

Komm' her! Da hast! ... Bist jetzt zufrieden?

Polzin
(mit seiner Rührung kämpfend).

. Vielleicht für ewig ist's hienieden.

Julie
(bei seinem Anblick wieder losplatzend).

Pfui, schämst Dich nicht so auszuziehen,
Bei hellem Tag im Hemd zu stehen?

(Ihn musternd.)

Wie's grad' ihm paßt! Ganz ökonomisch!
Ich lach' mich todt! Du bist doch zu komisch!

Polzin
(verschämt an sich niedersehend).

Jul—chen ... Versprich mir Eines bloß!

Julie
(packt ihn beim Hembenzipfel und will mit ihm herumtanzen).

Hottehüh! Meck! Meck! Beim Hembenschoß!

Polzin
(sucht sie abzuwehren, kann sich nicht helfen).

Julchen, was zupfst mich? Mir ist nicht nach Tanzen!

Julie
(hat ihn umgefaßt und schwenkt ihn einmal herum).

Hopp Hei! Mit fliegenden Hembenfranzen!
Noch einmal zum Abschied! Hurrah ... Schrumm!

Polzin (verzweifelt).

Julchen! Erbarm' Dich! Mir dreht's rundum!

Julie
(hat ihn losgelassen, steht lachend mit erhitztem Gesicht da).

Mußt Dich bei Zeit an's Schaukeln gewöhnen,
Wirst auf dem Schiff noch manchmal stöhnen.
Geschieht Alles rein zu Deinem Besten!

6*

Polzin

(mit Stoßjeufzer, indeß er sich langsam erholt).

Säß' man erst wieder auf dem Festen!
Ich sag' Dir Julchen, das wird mein Tod!

Polzin

(stemmt die Arme in die Hüften, sehr laut).

Was? Bist ein Kerl von Korn und Schrot
Und vor dem bischen Ocean bangst?

Polzin.

Um Dich bloß, Julchen, ist mir Angst.
Sollst Deine Stütze nicht verlieren.

Julie.

Fängst wieder an zu renommiren?

(Sie wendet sich ab und geht wieder an's Packen.)

Polzin (am Tisch lehnend).

Drüben wird Alles für uns gut,
Mir meine Ahnung sagen thut.
Geht's mit dem Fuß auch ein bischen schwer,
Schaff' mit den Händen um so mehr.
Julchen, spazierst noch in Sammt und Seiden,
Soll'n noch Alle um Deinen Mann Dich neiden.

Julie

(macht ihm vom Korb her einen Knix).

Sollten im Hemd Dich sehen können,
Thäten schon jetzt zusammenrennen!

Polzin (hinkt zu ihr).

Julchen . . .?

Julie.

Was wieder? Noch nicht genug?

Polzin
(steht vor ihr am Korb).

Bist doch mein Weib nach Recht und Fug.

Julie (aufspringend).

Jawohl durch richtige Schwindelei!

Polzin.

Und ich Dein Mann! Ich bleib' Dir treu!

Julie.

I kick mal an!

Polzin
(streichelt ihre Backen).

Bleib' Du mir auch!

Julie
(mit eingestemmten Armen).

Womöglich gleich mit über's Wasser krauch'?

Polzin (jämmerlich).

Schon keine Lust zu reisen hätt'!

Julie.

Er bleibt mir treu? Er mir! Wie nett!

Polzin (mit Rührung).

So manche thät sich nach mir reißen
Und gerne Frau Polzin möcht' heißen.
Man ist doch Mann, hat ausgelernt . . .

Julie (knixt anzüglich).

Macht sich von Weitem ganz entfernt.

Polzin
(immer erregter in seinen Gedanken).

Wer ist denn Herr im Hause?!

Julie (sehr ruhig).

Ich!

Polzin

(ballt die Faust gegen die Fenster).

Euch Alle hab' ich auf dem Strich!

(Draußen dicht vor den verregneten Fenstern geht Jemand vorüber).

Julie

(deutet haftig hinaus).

Da! Einer holt sich's schon von Dir.

Polzin

(sieht sich argwöhnisch um).

Wie? Lauter!

Julie (erregt horchend).

Sahst nicht? Der Herr Tornier!

(Es klopft.)

Herein!

Polzin (ungewiß).

Kommt Jemand?

Julie

(sehr laut zur Thür hin).

Ja! Herrrrein!

Tornier

(tritt von rechts her durch die Mittelthür ein. Er trägt eine Art von Wirtschafts= oder Inspectorrock von grüner Farbe, eng übergeknöpft, Kragen aufgeschlagen. Seine hohen Stulp= stiefel sind beschmutzt. Wie er in der Stube ist, schwenkt er seine Mütze, daß das Wasser auf den Boden spritzt und schlägt mit der Reitpeitsche gegen die Stiefelschäfte).

Potz deuvel, kann das Kleinchen schrei'n!

Julie

(packt wieder eifrig, ohne Tornier anzusehen).

Man muß schon, hat man den zum Mann!

Tornier

(halblaut zu Julie).

Geduld! Giebt nächstens ja Unterspann!

(Er wendet sich zu Polzin, der ihn mißtrauisch beobachtet,
ohne ihn zu verstehen, prallt verblüfft zurück).

Meister! Die richtige Vogelscheuche! ...
Bißchen gespukt, verehrte Leiche?

Julie

(ist mit Packen fertig, erhebt sich vom Korb).

So, mein Bester, da wär's gepackt!

Tornier

(bewundert immer noch Polzin's Kostüm, mit neuem Anfall).

Zur Feier des Tags weiß ausgeflaggt!
Die Fahne hoch und auf zum Kampf!
Marsch! Marsch! Mit Knattern und Pulverdampf!

(Mit Geste zum Fenster.)

Draußen, Meister... Ich sag Euch, toll!

Julie

(winkt ihm hastig zu).

Still doch! Hat so schon die Hosen voll!

Polzin

(hat so lange schweigend am Tisch gestanden, wie mit einem
Entschluß ringend, dabei die Beiden unverwandt im Auge
behalten. Da er jetzt Juliens Geberde gewahrt, beugt er sich
horchend vor).

Wie meinst Du?

Julie
(einen Schritt auf ihn zu).
Was stehst wie abgebrüht?

Tornier
(mit Bewegung zum Fenster).
Feines Wetterchen!... Exquisit!
Der Regen sobbert bis auf die Poren!

Polzin
(versucht das Hemd auszuziehen, wird nicht gleich fertig damit).
Julchen, zieh' mir das Hemd über die Ohren!

Julie
(geht lachend zu ihm, hilft ihm).
Fell über die Ohren? Komm' her!... Na fix!

Tornier
(hat sich auf den Rand des Korbs gesetzt, fuchtelt mit der
Reitpeitsche).
Was, Meister, schon raus aus dem Feiertagswichs?

Polzin
(steht noch am Tisch. In seinem Innern scheint es immer
stärker zu wühlen. Das Hemd liegt zu seinen Füßen).

Tornier
(deutet pathetisch mit der Reitpeitsche auf Polzin, von dem Julie
jetzt zurückgetreten ist).
Die Hülle fiel, die Thräne quillt.
In hehrer Schönheit das Götterbild!
(Mit Selbstbewußtsein zu Julie.)
Hä? Fein gemacht?... Wetter das Sturmgegröhle!
(Draußen heult und brüllt der Sturm.)

Polzin
(horcht, faltet die Hände.)
O, Gott! Erbarm' Dich der armen Seele!

Julie
(geht zu ihm, thut liebenswürdig, zeigt auf den Korb).
Siehst, Liebster, die Sachen sind alle drinnen.
(Zu Tornier hastig.)
Noch Angst ihm machen?! Sind ganz von Sinnen!

Polzin (horchend).
Julchen, was sprichst mit dem Herrn Tornier?

Julie.
Ich sprechen?... Hörst doch, ich sprech mit Dir.

Tornier
(einfallend. sehr laut).
Natürlich, Meister, mit wem denn sonst?
Kein Wort gewechselt mit dem Ehegesponst!

Julie.
Läßt immer Dich mahnen mit Hüh und Hott!

Tornier
(hantirt mit seiner Reitpeitsche).
Courage, Meister! Forsch und flott!

Julie
(immer bei Polzin, sehr liebenswürdig und eindringlich).
Schon Alles gepackt für Dich und besorgt,
Vom alten Schmück den Wagen geborgt...

Tornier (ärgerlich dazwischen).
War anders wohl keiner aufzutreiben?

Polzin
(hat in fortwährendem Kampf dagestanden und die Beiden
beobachtet. Plötzlich halb furchtsam, halb trotzig).
Julchen, ich thu zu Hause bleiben.
(Kurze Pause der Verblüffung.)

Julie
(hat nach einem Augenblick die Sprache wiedergefunden).
Was thust?... Was sagst?... Sag' das nochmal!

Tornier
(losplatzend, bearbeitet seine Stiefelschäfte mit der Reitpeitsche)
Zu Hause bleiben?!... Pyramidal!

Julie
(vor Polzin aufgestellt).
Das Geld für's Billet umsonst verpafft?!

Tornier
(mit unaufhaltsamem Gelächter).
Pyramidal!... Bombenhaft!

Polzin (bockbeinig).
Julchen, pack' man wieder aus.
Ich sag' Dir ja, ich bleib' zu Haus.

Julie
(mit dem Fuß aufstampfend).
Und ich sag' nein!

Polzin (nicht zärtlich).
Ja, Mauschen, ja!

Tornier (noch lachend).
Rechts schwenkt, marsch nach Amerika!

Julie (aufgeregt).

Blamirt sich ja vor aller Welt!
Billet und Wagen unisono bestellt?
Hat keine Spur von Anstand, Schliff?
In dreien Tagen geht das Schiff!

Polzin
(läßt den Kopf hängen, will sich ihr nähern).

Schimpfst, Julchen, weil ich bei Dir bleib'?

Julie
(reißt sich von ihm los, bricht in Thränen aus).

Thut nicht so viel für Dein armes Weib!
Rühr' mich nicht an! Willst noch poussiren!

Tornier (ernsthaft geworden).

Vernünftig, Meister! Ordre pariren!

Julie
(wendet sich heftig gegen Tornier).

Und Sie? Und Sie? Ihn mir verdorben!
Ihm Alles schwarz in schwarz gefärbt,
Von Sturm und Wetter ihm vorgegrault,
Das bischen Verstand ihm ganz verbaut!

Tornier (verblüfft dastehend).

Nanu wird's Tag! So'n Wetterhahn!

Polzin
(hat Juliens Geberde gegen Tornier gesehen, hinkt unruhig einen Schritt näher).

Julchen . . . hat er Dir was gethan?

Julie
(muß unwillkürlich lachen).

Gethan? Na ob! . . . Den Kopf Dir verdreht!

Tornier

(in komischem Aerger auf sie zu).

J daß Dich gleich, Du Donnerkrä'...!

Polzin

(bei ihr, wie um sie zu schützen, mit trotzig jämmerlichem Ton).

Julchen, ich laß Dir von ihm nichts thun!

Tornier

(klopft ihm wieder korbial auf die Schulter).

Recht so, Meister! Braves Huhn!

Julie

(in plötzlichem Ausbruch gegen Tornier).

Sind ja der reine Barbar und Tyrann!

Verspotten mir gar noch meinen Mann?!

(Sie umarmt Polzin mit großer Rührung.)

Du Braver, ja! Bräver als Alle zusamm',

Komm' her, mein armes, unschuldiges Lamm!

Thu' mir versüßen den Abschiedsschmerz...

Tornier (losplatzend).

Familienscene? Kostbarer Scherz!

Polzin

(in Juliens Umarmung).

Julchen, Julchen! Ich kann's nicht verwinden!

Julie (schluchzend).

Sollst uns nun bald für lange verschwinden!...

Hier, leg's Kopfchen an meine Brust...

Polzin (außer sich).

Jul—chen...!

Julie
(sieht mit thränenden Augen zur Uhr).

Jetzt bald abreisen mußt!

Polzin
(unter Juliens Liebkosungen).

Mein einziger Schatz! Mein süßes Leben!

Julie (liebreich).

Mußt Dich bloß der Schrullen begeben.

(Die Nebenthür vorn links hat sich langsam geöffnet.)

Schmück
(zeigt sich auf der Schwelle. Er schielt schmunzelnd zu dem
verschlungenen Paar).

Ei, guten Appetit! Man läßt sich's munden!

Polzin.

Julchen, wir sind ja für ewig verbunden!

Schmück
(hat bedächtig die Thür geschlossen, watschelt händereibend
näher, schüttelt die Nässe von seinem Pelz).

Tornier
(noch halb verblüfft).

Deiwel! Schmückchen, von wo kommt Ihr?

Schmück (süßsäuerlich).

Ei Diener, mein werther Herr Tornier!

Tornier
(mustert ihn von oben bis unten).

Gleich sans façon durch die Küche geht?
Scheint ziemlich vertraut mit der Lokalität.

Schmück (mit Pantomime).

Ein Jeder sich sein Thürloch find't ...
Der Eine von vorn, der Andre von hint'.

Tornier
(mit der Reitpeitsche fuchtelnd).

Habt wohl das Schlupfloch hier in Pacht?

Schmück
(immer sehr devot und verbindlich).

Nur werthem Beispiel nachgemacht!

Julie
(hat solange bei Polzin gestanden, aber aufmerksam dem Gespräch der Beiden zugehorcht. Jetzt springt sie dazwischen).

Was ist?! Was giebt es für Querellen?

Polzin
(verzweifelt, mit hochgehobenen Händen).

Julchen, den Wagen abbestellen!

Schmück (schmunzelnd).

Thut sich wohl noch ein bischen zieren?

Tornier
(vor Polzin, sehr korbial).

Ich rath' Euch, ruhig mal probiren!
(Bringt die Elle vom Tisch.)

Hier, Meister, sattelt und zäumt Eure Elle!

Polzin
(setzt sich auf den offenen Korb, streckt eigensinng die Beine
von sich).

Julchen, ich geh' nicht von der Stelle!

Julie
(will ihn vom Korb wegziehen).
Mir gleich den Korb zufrieden läßt?!

Polzin
(ohne sich vom Platz bringen zu lassen).
Ich sag' Dir, Julchen, ich sitz' jetzt fest!

(Die Kukuksuhr ruft.)

Schmück
(deutet auf die Uhr).
Werther Meister, der Kukuk ruft zehn.

Polzin
(mit Blick zum Fenster, schlägt entsetzt die Hände zusammen).
Siehst, Julchen, jetzt fängt's noch an zu schneen!

Tornier
(auf Polzin einsprechend).
Die Zeit vergeht! Das Licht verbrennt!

Julie
(auf der andern Seite).
So steh' doch auf, Potz Element! ...

Tornier
(sehr laut und eindringlich).
Meister! Jetzt mal ein Männerwort!

Polzin
(immer noch auf den Korb hingepflanzt).
Wie war's?

Tornier.
Ihr müßt ent=schieden fort!

Schmück
(mit lauerndem Schmunzeln).

Ja, ja, ent=schieden! ... Ei sieh bloß an,
Wie der werthe Herr gut zureden kann!

Tornier
(von oben herunter).

Entwickelt ja auch bedeutenden Eifer! ...
Ne ernsthaft, Meister, seid kein Kneifer!

Julie
(mit ehrsamer Miene).

Hörst nicht, wie die Herren sprechen und sprechen,
Thun sich bald die Zung' zerbrechen,
Meinen's so gut mit Dir und ehrlich ...

Tornier (kopfnickend).

Ja, Meister, hier seid Ihr entschieden entbehrlich.

Julie
(mit dem Fuß aufstampfend, in aufrichtiger Verzweiflung).

Sitzt rein wie eine chinesische Mauer!
Dann meinethalben hier versauer'!
Ich lauf' Dir fort! Bei meiner Ehr',
Bleib' keine Stunde länger mehr!

Tornier
(ist hin= und herspaziert, bleibt wieder vor Polzin stehen).

Ja, Meister, schon aus Anstand reisen ...

Julie.

Dich endlich mal als Held beweisen!

Tornier
(schreit ihm in's Ohr).

Wird mächtig im Dorf hier imponiren.

Schmück

(von der andern Seite).

Nachher mit Amerika renommiren ...

Tornier (ungeduldig).

J, Meister, schämt Euch, Ihr habt ja Schiß!

Polzin.

Wie? Lauter!

Julie (ihn anschnauzend).

Verstehst schon wieder miß?

Polzin (trotzig, jämmerlich).

Ich hab nicht Angst vor Amerika!
Wär' bloß das große Wasser nicht da!

Schmück (schmunzelnd).

Thut auch am Ende vorübergehn' ...

Tornier

(faßt Polzin unter den Arm).

Bischen Seefahrt? Wunderschön!

Polzin

(in seinen Gedanken schwelgend).

Wer weiß, wie drüben noch Alles sich fügt,
Brod und Arbeit genug man kriegt,
Läßt sich als Schneider nicht unterkommen,
Vielleicht zum Nachtwächter angenommen...

Tornier

(mit einer Bewegung plötzlicher Erleuchtung).

Auf der Weltausstellung Euch präsentirt,
Als Preisnachtwächter vorgeführt!
Könnt in dem Fach brillant reussiren.

Der Amerikafahrer.   7

Polzin (schwermüthig).
Ob drüben auch Nachtwächter existiren?

Tornier (muß lachen).
Könnt ja als erster hinübergeh'n.

Schmück (mit Verbeugung).
Der werthe Meister wiegt gleich für zehn.

Tornier
(hilft Julie ihn in die Höhe bringen).
Hupp hei!... Noch einmal!... Da steht er! Hurrah!

Schmück
(ebenfalls keuchend bei der Arbeit).
Einsteigen nach Amerika.

Tornier (mit Jubelruf).
Victoria blasen die Husaren!

Polzin
(ist von den Dreien gemeinsam aufgerichtet worden und steht
mit eingeknickten Beinen).
Julchen, im Ernst!... Soll ich wirklich fahren?

Julie
(wie mit ausgebreiteten Flügeln über dem Korb).
Ei Du!... Was hier noch langes Besinnen!
Schnell jetzt den Korb zusammenpinnen!

(Die Mittelthür rechts öffnet sich eilig.)

Jungfer Stawernack
(erscheint im Umschlagetuch wie früher).
Vielmals Entschuldigung, daß ich stör'!
Gleich kommt der Wagen hinterher!

Schmück
(als ob er versinken will, vor sich hinmurmelnd).

Der Drache voran! Verwünschtes Pech!

Jungfer Stawernack
(sich neugierig umsehend).

Grad' mitten ich in's Packen brech'?
Herr Schmück?!... I je!

(Sie kommt mit ausgebreiteten Armen auf ihn zu.)

Schmück
(geduckt am Korb, hantirt geschäftig am Deckel, mit verlegenem
Schmunzeln).

Verbindlichst begrüßt!

Polzin
(hat wie geknickt dagestanden und der Arbeit am Korb zuge=
sehen. Wie der Deckel sich über den Korb senkt, schlägt er
jammernd die Hände zusammen).

Juuul=chen...!!

Julie (mit Kommandoton).

Fix! Fix! Den Deckel verschließt!

Tornier
(setzt sich mit ganzer Wucht auf den Deckel, daß er laut knarrt).

Rrrump! Knirrr!

Julie
(ganz bei der Sache).

Nur tüchtig zusammenknutschen!

Polzin (aufgelöst).
Wirklich jetzt über's Wasser rutschen?

7*

Julie
(sehr liebenswürdig, mit Handbewegung zu Korb und Bettsack).

Siehst ja, Liebster, ist Alles im Gleise,
Fertig und flott zur Amerikareise.

Jungfer Stawernack
(lauernd süß zum alten Schmück).

Nein je! Sich so für den Meister zu quälen!

Schmück
(hat sich erhoben und steht in vorsichtig geduckter Haltung).

That nur noch die werthe Jungfer fehlen!

Jungfer Stawernack
(zu Polzin gewandt, der rathlos am Bettsack lehnt).

Und wirklich weg will der liebste Meister?

Schmück (behaglich schmunzelnd).

Dienstag Morgen von Bremen reist er.

Julie
(beim Verschnüren des Korbes beschäftigt, aufstehend).

Rührt sich partout jetzt nicht vom Fleck!

Jungfer Stawernack
(mit ostentativem Bedauern zu Polzin).

Nein, liebster Meister, wirklich weg?

Julie
(aufgebracht zur Jungfer).

Was mischt Sie sich in fremde Karten?!

Jungfer Stawernack
(nahe bei Polzin, laut und eindringlich).

Doch wenigstens besseres Wetter abwarten!

Schmück (ängstlich abwinkend).

Pst! Pst! Man nicht die Lust ihm rauben!

Tornier
(mit der Reitpeitsche hin und her spazierend).
Ach, Meister, müßt einmal doch dran glauben,
Wird Zeit, so langsam abzumwalzen!

Schmück
(vorsichtig zur Jungfer).
Könnt nämlich leicht den Geschmack ihm versalzen.

Jungfer Stawernack (boshaft).
Seh' Einer den Herrn für den Meister sorgen!

Polzin
(noch am Bettsack, mit Jammerton).
Julchen, bis morgen! Ich bitt Dich, bis morgen!

Julie (aufspringend).
Und das Billet? Soll's richtig verfallen?

Jungfer Stawernack (immer boshafter).
Herr Schmück... J nein, sich so noch verknallen!

Julie
(auf die Jungfer los).
Ich sag' Ihr, jetzt noch ein einziges Wort!

Jungfer Stawernack
(immer fortfahrend).
Darum der arme Meister fort!

Tornier
(von oben herunter).
Was hört man, Alterchen, wirklich verliebt?

Polzin (aufhorchend).
Julchen, wie war's? Sag' doch! Was giebt?

Julie (muß lachen).

Ei, nichts für Dich! Hebst gleich Dein Näschen?

Schmück
(ist verlegen hin und her gewatschelt).

Die Jungfer... hm, hm... macht blos ihr Späßchen.

Jungfer Stawernack
(mit verhaltener Wuth).

Darum so sehr in's Zeug gelegt!

Tornier (zu Schmück).

Wohl wieder mal künstlich aufgeregt?

Polzin
(ist argwöhnisch geworden).

Wie? Lauter!

Schmück
(mit selbstbewußtem Schmunzeln).

Steht noch manchem Jungen voran...

Julie
(drohend gegen die Jungfer).

Na wart! Das streich' ich Ihr mal an!

Schmück (wie vorher).

Boxt gern mit Jedem um die Wett'!

Jungfer Stawernack (fast schreiend).

Wißt auch, Meister, von wem das Billet?

Polzin
(Hand an den Ohren).

Billet? Wie war's?

.

Julie
(die Jungfer abwehrend, schreit ihm in die Ohren).

Ob's bei Dir haft?!

(Zur Jungfer, wüthend.)

Hat sich's wohl richtig abgepaßt?!

Tornier (neugierig nähertretend).

Na, Jungfer? Ruhig den Namen sagen!

Jungfer Stawernack
(kreischend, dabei immer von Julie festgehalten).

Vom alten ...

Polzin.
Wie? Lauter!

Schmück
(hat sehr unruhig dagestanden, tritt jetzt plötzlich in die Gruppe,
deutet zum Fenster).

Da kommt ja der Wagen!

(Draußen fährt ein Wagen vor.)

Jungfer Stawernack (giftig).

Vom alten ...

Julie (sie überschreiend).
Der Wagen!

Polzin
(guckt entsetzt zum Fenster, schreit).

Der Waaagen!

Julie
(sehr hastig, wie um die Aufmerksamkeit abzulenken).

Jetzt nach!

Tornier
(vor der Jungfer, ungeduldig juchtelnd).
Na kommt's bald?!

Schmück (dazwischen).
Der Name thut nichts zur Sach'!...

Tornier
(mit Geberde auf Schmück, triumphirend).
Was wetten, Jungfer...?

Jungfer Stawernack (kreischt bestätigend).
Vom alten Herrn!

Schmück
(mit boshaftem Blick zur Jungfer).
Hm, hm... Die Jungfer reist auch wohl gern...

Tornier
(klopft Schmück auf die Schulter).
Den alten Fuchs mal glücklich gefaßt!

Schmück (sehr verbindlich).
Läßt stets den Vortritt solch' werthem Gast...

Julie
(mit Polzin beschäftigt, der über dem Bettsack liegt).
Was liegt über den Bettsack hingeflegelt?!
Mach' Dich zurecht und abgesegelt!
Und ja Dein Billet mir nicht vergessen!
(Zur Jungfer.)
Wir haben noch was auszufressen!
(Wieder zu Polzin.)
Wo hast das Billet? Jetzt sput' Dich, sput'!

Jungfer Stawernack
(mit grünlich funkelnden Augen zu Julie).
Was wünscht man?

Polzin
(hat sich aufgerichtet, steht mit dem Billet in der Hand, in
plötzlichem Ausbruch)).
Julchen, Du bist so gut!
(Er wendet sich zu den Andern und zeigt auf das Billet,
schluchzend vor Rührung.)
**Hat sich's mit saurem Schweiß gespart,
Aus eigner Tasche bezahlt die Fahrt . . .**

Julie
(ebenfalls schluchzend, sehr laut).
Was thut man nicht Alles für solchen Mann!

Polzin (sie umarmend).
Vielleicht mal für Alles Dir danken kann!

Jungfer Stawernack
(will zu ihm, wird aber von Schmück zurückgehalten).
So hört doch, Meister . . .

Schmück
(immer schmunzelnd vor ihr).
Hört's doch nicht genau!

Jungfer Stawernack (schreiend).
So hört . . . doch!

Polzin
(in ihren Armen).
Mein Julchen!

Tornier
(vor Julie, höchlich amüsirt).

Brave Frau!

Jungfer Stawernack
(wuthschäumend, fast besinnungslos).

Hööört ... doooch!

Julie
(auf sie zu).

Jetzt auf der Stelle raus!...

(Halblaut.)
Sonst bleibt er womöglich noch ganz zu Haus!
(Sie schiebt die Jungfer gegen die Mittelthür.)

Jungfer Stawernack (heftig wiederstrebend).
Und ich schwör' Euch, Meister, Alles gelogen!

Schmück
(schiebt seinen Arm unter den ihren).
Gelogen ... ja, ja!

Julie (schiebend).
Jetzt Draht gezogen!

Schmück
(schon an der Thür mit der Jungfer, befriedigt schmunzelnd).
Ja, schlechte Welt ...!
(Er öffnet die Thür.)

Jungfer Stawernack
(mit letzter Kraftanstrengung von draußen).
Schmück ... hat's ... geschenkt ...
(Die Thür schließt sich hinter ihr und Schmück.)

Polzin
(hat mit stummer Verblüffung zugesehen, ohne zu begreifen.
Jetzt fragt er sehr verwundert).
Julchen, was war?

Tornier
(hat sich schweigend an der Scene geweidet. Wie die Thür
sich geschlossen hat, mit schnalzender Bewunderung).
Jcht, rausgeschwenkt!

Polzin
(sehr neugierig und mißtrauisch).
Jul—chen!... Was war?

Julie
(klopft ihm auf die Backen).
Ei, nichts, mein Engel!

Polzin
(dringend, indem er sie am Aermel zupft).
Jul—chen??

Julie
(mit dem Fuß aufstampfend).
Hörst auf mit dem Gequängel?!

Tornier
(droht ihr mit der Reitpeitsche).
Verdammter kleiner Schwerenöther!
Na, gratulier' Dir bloß für später!

Julie (siegesbewußt).
Pa... aah! Und kämen solcher dreißig,
Euch all' noch zum Haus raus schmeiß' ich!

Polzin (immer horchend).
Wie sagst Du, Julchen?

Julie (mit Handbewegung).

Zum Hause raus!

Tornier
(halblaut zu Julie).

Der alte Schmück bleibt künftig draus!
Mir ganz energisch das ausbitten ...!

Julie (laut auflachend).

Der Herr hat Angst vor einem Dritten!

Polzin.

Angst, Julchen? Mir nicht? Du kommst ja nach!
(Er liebkost sie.)

Julie (kommandirend).

Den Korb auf den Wagen! Fort jetzt und mach!
(Sie faßt ihm ermunternd in die Seite.)

Polzin (quiekend).

Julchen, nicht doch! Ich bin ja so kitzlich!

Julie
(mit Kommandoton zu Tornier).

Der junge Herr macht auch sich nützlich!
(Sie weist auf den Korb.)

Tornier (kopfschüttelnd).

Zu guterletzt noch paslacken helf'!
(Beide fassen den Korb an und tragen ihn zur Thür.)

Julie
(immer kommandirend hinter ihnen).

Fix! Fix! Die Uhr ist gleich halb elf!

Tornier
(schon halb draußen mit dem Korb, wendet sich gegen Julie).

Kommandirt wie der richt'ge Unteroffizier!

(Er verschwindet mit Polzin draußen.)

Schmück
(ist gleichzeitig hineingekommen, schließt behutsam die Thür).

Ei, ei, der werthe Herr Tornier ...
Hilft gar schon mit die Sachen packen!

Julie
(ist zum Schrank gegangen, zieht sich den Regenmantel an und
setzt sich den Hut auf, mit Geberde zum Bettsack).

Beliebt's, die Betten Euch aufzusacken?

Schmück
(beim Bettsack, süßsäuerlich).

Nimmt alle Mann in Dienst und Frohn ...
Steht allerliebst der Kommandoton!

Julie
(eifrig mit ihrer Toilette beschäftigt).

Die Jungfer glücklich abgebracht?

Schmück
(nähert sich ihr schnuppernd).

Hätt' lieber Frauchen den Hof gemacht!

Julie (aufgebracht).
Was, gar noch der Jungfer die Cour geschnitten?!

Schmück (sehr unterwürfig).
Vielleicht erlaubt, einen Gefallen zu bitten?

Julie
(im Begriff für Polzin Rock und Mütze aus dem Schrank
zu nehmen).
Der Jungfer die Cour! Das wird ja heiter!

Schmück
(sich an sie herandrückend).
Wär' lieber Erster nämlich, als Zweiter.

Julie
(gegen ihn anfahrend).
Was, führt sich hier noch frech und lausig,
Und macht sich hinten mit Andern mausig?

Schmück
(versucht zu tätscheln).
Säß lieber im warmen Nestchen allein!

Julie
(stößt ihn zurück).
Zur Straf' nicht mal siebenundzwanzigster sein!
Wird's mit dem Bettsack bald gefällig?
Zu rein nichts wie Poussiren anstellig!
(Polzins Rock und Mütze über'm Arm.)
Und Vorschriften machen! Wird immer bunter!

Schmück
(zum Bettsack watschelnd).
Allein mit dem Frauchen... Wär's bloß mitunter!
Sehnt endlich sich nach baarem Sold!

Julie (majestätisch).
Den Bettsack auf und abgetrollt!

Schmück
(watschelt unter dem Bettsack keuchend zur Thür).
Ja, abgedampft mit gekappten Masten!

Julie
(hinter ihm, mit Polzins Sachen).
Sollt mir zur Strafe noch lange fasten!

(Beide rechts hinaus. Die Thür schließt sich. Die Stube bleibt einige Augenblicke leer. Man hört nur das Brausen des Sturmes und das Rinnen der Regentropfen. Plötzlich wird die Thür wieder aufgerissen.)

Polzin
(hinkt eiligst herein. Die Mütze hat er auf dem Kopf. Sein rechter Arm steckt im Ueberrock. Der linke Aermel schleppt hinten nach. Er sieht sich aufgeregt im Zimmer um. Gleich hinterher stürzen der alte Schmück, Tornier und Julie).

Schmück (schreiend).
Halt ihn!... Halt ihn!

Tornier (mit Lieutnantston).
Gestanden, Meister!

Schmück (außer sich).
Haaalt' ihn!

Tornier (Polzin packend).
Im letzten Moment ausreißt er!

Schmück
(auf der andern Seite mit Bewegung zur Thür).
Dort bitte geht's nach Amerika!

Julie (jammernd).
O Gott, jetzt bleibt er mir wirklich da!

(Vor Polzin.)
Scheinst rein vom Leibhaftigen mir besessen!

Polzin
(strebt loszukommen, mit Blick zur Wand).
Julchen, ich hab' ja die Schnarre vergessen!...

Tornier (losplatzend).
Das Schnarrinstrument!

Julie
(muß ebenfalls lachen).
Du Kossen=Bart!

Polzin
(in melancholischer Erinnerung).
So manche Nacht durch's Dorf geschnarrt!

Schmück
(schmunzelnd, indeß er zur Wand geht).
Die werthe Schnarre dem Meister holen.

Polzin (mit Selbstbewußtsein.)
Hätt' Mancher im Dorfe gern gestohlen,
Sich auf Aepfel gemacht bei düstrer Nacht...

Tornier (torbial).
Ja, Meister, habt ehrlich Skandal gemacht!

Polzin (schwelgend).
Mit Schnarren Alles in Flucht gejagt...

Schmück
(kommt mit der Schnarre, schmunzelt beträchtlich)).
Sich freundlichst von Weitem schon angesagt,
So manches Mal ... So manches Mal ...
(Er dreht die Schnarre in der Hand und schmunzelt.)
Schnrrr ... Schnrrr ... Ja, ja, das war das
Signal!...

Polzin
(in Thränen ausbrechend, da er das Schnarren hört).

Julchen . . . Jul—chen! . . . Hörst es jetzt?

Julie
(umarmt ihn schluchzend).

Kamst oft genug mir angesetzt! . . .
Hier, nimm das Knüppelholz von Eichen.

(Sie reicht ihm seinen Stock.)

Tornier
(schwenkt seine Reitpeitsche.)

Jetzt Meister, auf mit den Nachtwächterzeichen!

Schmück (schnarrend).

Schnrrrr . . . Schnrrrr . . . Vom alten Europia . . .

Julie
(zur Thür weisend).

Abgeschnarrt nach Amerika!

(Sie nähern sich unter dem Ton der Schnarre langsam dem
Ausgang.

(Vorhang.)

——— —— ——

Dritter Aufzug.

(Es ist zwei Tage später am Nachmittag. Die Schneiderwerk=
statt zeigt sich unverändert wie am Schluß des zweiten Auf=
zuges. Die Spuren der Packerei und Abreise sind überall
sichtbar. Alles liegt und steht, wie es beim Abschied zurückblieb.
Man sieht, daß keiner inzwischen an den Sachen gerührt hat.
Die Stube ist leer. Halbes Sonnenlicht huscht durch die Fenster,
wechselt mit fliegenden Schatten. Tiefe Stille. Dann fährt
draußen ein Wagen vor. Stimmengeräusch vor der Thür.
Gleich darauf treten von rechts her Julie, Schmück und Tornier
ein. Alle Drei kommen in gleichem Aufzug, wie bei der Ab=
fahrt. Ihre Gesichter scheinen übernächtigt.)

Julie
(sehr lustig und übermüthig, läuft durch die Stube).

Fastnachtstag heut! Fastnachtstag!
Hollah!... Greif' mich, wer greifen mag!

Tornier (hinter ihr her).

Mal endlich den Unband sicher in Haft!
Jetzt aber eklig abgestraft!

(Er will sie fassen.)

Julie
(mit ausgespreizten Fingern gegen ihn).

Riskirt's der Herr? Die Nägel sind spitzig!

Schmück

(schnaufend dazwischen).

Das junge Herrchen thut gar zu hitzig!

(Er will sich ebenfalls andrängen.)

Tornier

(von oben herunter mit Anspielung).

Ist auch im Laufen noch nicht Renonce!

Schmück

(schmunzelnd zu Julie).

Ei, ei, man hat auch seine soliden Fonds!
Bestand schon manchen Strauß mit Ehren!

Julie

(mit drohendem Finger).

Die Herren alle Beide noch Mores lehren!

(Sich aufstellend.)

Courage mal! Wer wagt's am eh'sten?!

(Sie zeigt ihre Krallen.)

Tornier

(mit Handbewegung zu Schmück.)

Frisch! Alterchen, vorwärts! Ihr seid am zäh'sten!

Schmück

(in vorsichtiger Reserve vor Julieus Fingern).

Der Jugend den Vortritt mit bestem Danke!

Tornier

(schwingt seine Reitpeitsche).

Ae was, dem Feind unterdeß in die Flanke!
Bayonett gefällt! Marsch, marsch zur Attacke!

(Er versucht Julie von der Seite beizukommen.)

8*

Julie
(mit blitzschneller Drehung).

Ei .... aah! Schschsch! Das klatscht auf die
Backe!

(Sie zeigt ihm alle ihre zehn Finger.)

Schmück
(hinten herumschleichend, halblaut).

Mit Vorsicht immer zu Werke gehen ...

Julie
(droht ihm von der Seite).

Kann auch von hinten auf die Finger sehen!

Tornier
(ärgerlich fuchtelnd).

Legt ja verdammt sich in's Geschirr!

Julie
(zwischen ihnen beiden durchschlüpfend, stellt sich mit dem
Rücken gegen den Arbeitstisch).

I, ist der Herr mir noch nicht kirr?

Schmück
(sehr devot vor ihr).

Gern für ein einziges Kußchen stürbe ...

Julie
(betrachtet sie triumphirend).

So zwei wie Euch kriegt man noch mürbe!

Tornier
(aufgebracht hin und her).

So geht das nun der Tage drei!
Bald über wird Einem die Schlepperei!

Schmück
(mit schlauem Zwinkern).

Muß eben sich zeigen, wer jetzt der Grünste ...!

Julie
(mit eingestemmten Armen zu Tornier).

Was wünscht denn der Herr? Was steht zu Dienste?

Schmück
(immer bestätigend).

Ja, ja ... Was Herrchen zu Diensten steht!

Julie
(Hut und Mantel ablegend).

Wem's nicht gefällt, den Rücken dreht!

Schmück (quecksilberig).

Ganz richtig ... jawohl ... der dreht den Rücken.
Thut's hier nicht, vielleicht wo anders glücken!
(Er macht eine devote Geberde zur Thür.)

Julie
(mit Entrüstungston zu Tornier).

Was wird gewünscht? Will gar mich beleidigen?!

Schmück (sich verbeugend).

Die werthe Frau gegen Alles vertheidigen ...
Auf den alten Schmück sich verlassen kann ...!
(Er sucht sich anzuschmeicheln.)

Julie
(mit schmerzlichem Augenaufschlag).

Ach, wärst noch da, mein liebster Mann,
Säh'st mich so frech beschimpft und verletzt,

Mich arme, verlaſſene Strohwittwe jetzt ...!
Du Guter, ach, warſt nie ein Solcher!

(Sie deutet auf Tornier.)

Schmück (bieder zutraulich).

Drum ja ... wie thät ſich's mit einem Nachfolger?

Julie
(wie in die Ferne träumend).

Du braves Herz, wann kommſt zurück?

Schmück
(dicht bei ihr, ſehr zärtlich).

Empfehle ergebenſt die Firma Schmück,
Stellt ſich in Allem zur Verfügung ...

Julie
(ihn energiſch abſchüttelnd).

Ich verbitt' mir die ewige Anſchmiegung!

(Wieder mit Augenaufſchlag.)

Will ganz mich Deinem Gedächtniß weih'n!

Tornier

(iſt ſolange ärgerlich auf= und abgegangen, ohne ein Wort zu
ſprechen. Jetzt bricht er galgenhumoriſtiſch aus).
Feudal, ſo ein Tete=a=Tete zu drein!

Schmück
(immer in Juliens Nähe, einſchmeichelnd).

Drum mach' ſich die werthe Frau jetzt ſchlüſſig!

Tornier
(klopft ihm auf die Schulter).

Alterchen, Einer iſt überflüſſig!

Schmück (boshaft zwinkernd).
Hält doch seinen Stand, das Alterchen,
Offerirt sich als Herzensverwalterchen,
Befähigung erwiesen in allen Dingen . . .

Tornier
(mit ironischem Seitenblick.)
Na, edler Gastwirth, wünsch' frohes Gelingen!

Schmück (unbeirrt).
In allen Dingen, intern wie externen . . .

Julie
(ist dabei die Sachen auf dem Fußboden zusammenzuräumen).
Steht Beiden frei, Euch zu entfernen! (Sie steht auf.)
Habt mich wahrhaftig genug geplackt,
Seid rein wie Kletten zusammengebackt,
Drei Tage Ihr . . .

Schmück (mit bedauernden Falten).
Die Nächte leider allein!

Julie (aufgebracht gestikulirend).
Drei volle Tag' Ihr . . . und immer zu zwei'n!

Tornier (komisch verdrießlich).
Wahrhaftig, die reine Gottesstrafruthe!

Julie (hin und her).
Drei Tage nicht eine ruhige Minute!!

Schmück (händereibend).
Und doch in der Stadt so reizend amüsirt,
Meisterchen glücklich zur Bahn abkutschirt,
Manch' Gläschen geleert zu seinem Gedächtniß . . .!

Julie

(nimmt wehmüthig Polzins zurückgebliebene Hosen auf).

Die Hosen, ach! sein letztes Vermächtniß!
So oft darin, so oft ihn gesehn!

(Sie breitet die Hosen aus, durch deren Löcher das Tageslicht schimmert).

Schmück (in Erinnerung schwelgend).

Zu himmlisch war's, zu wunderschön!

Tornier (immer verdrießlicher).

Aus reinem Stumpfsinn sich eingekneipt,
Die bösen Gedanken mit Sect betäubt!
Drei Tage ... Na ... Mit solchem Rival!

(Er schüttelt sich.)

Julie

(immer noch im Anblick der durchlöcherten Hosen).

Die Hosen trug'st so manches Mal!

Schmück (mit stolzem Schmunzeln).

Da schimpf' noch Einer auf die Alten!
Drei volle Tage Stand gehalten!
Versteht sich noch leidlich auf's Liebes=Abece ...

Tornier (mit Reitpeitschenschwung).

Bombenrechnung beim Hotelier!

Schmück

(wieder dicht bei Julie, sehr unterwürfig).

Man ist ja so fügsam und lammsgedulbig ...

Tornier

(mit dem Finger schnippend).

Einziger Trost, man bleibt sie schuldig!

Schmück (tätschelnd).
Begnügt sich für's erst' mit dem Saum des Kleid's!

Tornier
(dazwischen, mit Blick zur Uhr).
Alterchen, heda! Halb Viere bereits!

Julie (mit Geberde zur Thür).
Wird's bald gefällig? Alle zwei rausfegen!
Thun hier am Ende noch Eier legen!

Tornier (mit Geberde zur Thür).
Na Schmückchen, nu seid mal so recht vernünftig!

Julie (verzweifelt).
Bald scheint Ihr mir beide tollhauszünftig!

Schmück
(mit devoter Bestimmtheit).
Erst hinter dem Herrn aus der Stube geh!

Tornier (ebenfalls verbindlich).
Bewahre, das Alter hat stets das Prae!

Julie
(stampft mit dem Fuß auf, zeigt hinaus).
Und ich befehl's!

Schmück (zu Tornier).
Drum hübsch gehorchen!

Julie.
Wird's bald?!

Tornier (zu Schmück).
Bitte vorauszustorchen!

Schmück

(zum Ofen watschelnd).

Man läßt der Sache ihren Gang,
Postirt sich indeß auf die Ofenbank,
Kann ruhig seine Zeit absitzen ...

Julie

(schlägt die Arme ein und betrachtet Schmück).

Mit grauen Haaren nach Liebe schwitzen!

Schmück

(händereibend, wie in seinem Pelz versinkend).

Das junge Volk ist gar zu sündlich,
In dummen Streichen sehr erfindlich,
Und weiß doch nirgend recht Bescheid!
Empfehle dem Frauchen erfahrnes Geleit!

Julie

(hat sich bald hier, bald da zu thun gemacht. Jetzt losbrechend).

Mein Gott, mein Gott, steh'n rein wie die Mauern!
Wie lang noch soll die Belagerung dauern?!

Schmück (diplomatisch).

Die werthe Frau braucht nur sich erklären,
Einen von Beiden gnädigst beehren ...

Julie (gereizt).

So thut mir doch den einzigen Gefallen!

Schmück (unerschütterlich).

Einen von Beiden ...

Julie (außer sich).

Keinen von Allen!
Seid alle Beide mir gleich pomade!

Schmück
(mit eiserner Ruhe).

Bedaure sehr! Dann bleibt die Blockade!

Julie
(in aufrichtiger Verzweiflung).

Sehnt nach dem Mann sich wahrhaftig zurücke,
Bedank mich für zwei solche Galgenstricke!

Tornier
(als ob er zur Thür gehen will).

Ae was, die Sache wird ennuyant!
Kommt, Schmückchen! Wir reisen Hand in Hand!

Schmück (bleibt ruhig sitzen).
Den jungen Herrn beileibe nicht stören . . .!

Julie (zu Schmück).
Ja bitte, gleich mit zum Teufel scheeren!

Tornier
(faßt ihn bei der Schulter).

Auf, Schmückchen!

Schmück
(mit schlauem Schmunzeln und Pantomime).

Thu' nur der Thür nicht recht trauen,
Könnt' leicht aus Versehen zu früh zuhauen,
Der Andre bleibt drin, der Eine säß draußen . . .

Tornier
(fuchtelt lachend mit der Reitpeitsche).

Schlaumeier alter!

Schmück
Man kennt die Flaußen!
Sitzt auf der Bank sich recht schön und gut,
Fehlt höchstens ein Fünkchen Ofenglut!

Tornier
(schlägt auf die Bank).
Also bon! Den Fall zum Austrag gebracht!

Schmück (händereibend).
Ei, meinethalben bis Mitternacht!

Julie
(vor Schmück aufgestellt).
Zum letzten Mal! Jetzt Einer weiche!

Schmück (unerschütterlich).
Nur über des Andern werthe Leiche!

Julie
Bedank' mich, hier unter Aufsicht zu sitzen!
Ich laß Euch Alle zusammen abblitzen!
Meinem Seligen ein treu Gedächtniß bewahren,
All' meine Lieb' für ihn aufsparen!

Schmück
(kratzt sich hinter den Ohren).
Na guten Appetit! Mög's brav ihm munden!

Julie
(läuft zur Kammerthür, öffnet sie).
In Kuratel bald achtzig Stunden,
Braucht auch mal Ruhe einige Momente!

Tornier
(springt auf, will sie halten).
Was giebt's? Was sind das für Fisimatenten!

Julie
(schon in der Kammer, steckt den Kopf durch die Thürspalte).
So! Jetzt schließ ich mich in der Kammer ein!
Amüsir'n sich die Herrn gefälligst allein!
(Sie schlägt die Thür zu und verriegelt sie von innen.)

Schmück
(ist ebenfalls aufgestanden. Nach einer Pause).
So'n Kammerchen!... Zu unbequem!

Tornier
(ebenso wie Schmück vor der verschlossenen Thür).
Wetter noch eins! Höchst unangenehm....
Heda! Auf!.. Die Thür eirumml' ich!
(Er schlägt mit dem Fuß gegen die Thür).

Schmück (wie begossen).
Die Sache wird entschieden fummlig!

Tornier
(arbeitet vergeblich an der Thür).
Die Thüre auf! Wir werden grob!

Schmück
(schadenfroh schmunzelnd).
Rein für die Katz', all das Geklopp!
Das Thürchen, ja, ja, bleibt fest und standhaft!

Tornier (wüthend).
Sich einzuriegeln! Gradezu schandhaft!

Schmück
(schmunzelnd auf Tornier).

Der Herr mit der Unbezwinglichkeit!

Tornier (ihn anschnauzend).

Natürlich, durch Eure Zudringlichkeit!

Schmück (immer boshafter).

Will nicht der Herr das Fräuchen holen?
Braucht mit dem Kopf bloß durch die Bohlen...
(Mit ironischer Verbeugung.)
Laß gern dem Herrn den Vorderrang,
Postir mich wieder zur Ofenbank,
Bis sich das Fräuchen von selber stellt.

Tornier
(erregt auf und ab).

Meint wohl, ich räum' Euch jetzt das Feld,
Verzichte so einfach zu Euren Gunsten?
Drei Tage gekneipt und ganz umsunsten?!
Drei Tage zum Spaß hinterherscharwenzelt?
Zum Spaß mit Euch um die Wette geschwänzelt?
O nein, mein edler Widerpart,
Ich setz' mich hin und gleichfalls wart'!
(Er setzt sich auf den Schemel und schlägt die Beine übereinander).

Schmück
(auf der Ofenbank, gleichmüthig).

Wird sich ja zeigen, wer länger sitzt.

Tornier
(vom Schemel her, kaut an seinem Schnurrbart).

Abwarten! Euch nur nicht zu früh gespitzt!
(Pause).

Schmück
(unbeweglich auf der Ofenbank, mit Biederkeit.)
Mir scheint, der junge Herr verzichtet gutwillig?

Tornier
(auf dem Schemel hockend, mit Geduldsmiene).
Man läßt Euch die Beute nicht gleich so billig!
(Neues Schweigen).

Tornier.
(pfeift vor sich hin, trommelt auf den Tisch).

Schmück
(beiläufig, mit Blick zum Fenster).
Richtiges Frühjahrswetterchen schon!

Tornier
(ist unruhig hin- und hergerückt, springt plötzlich auf).
Heillos knifflige Situation!

Schmück
(immer am Ofen, mit ruhigem Schmunzeln.)
Warmes Sonnchen für Fastnachtstag!

Tornier
(an der Kammerthür).
Kommt sie jetzt bald, potz Donnerschlag!

Schmück
(gähnt schmunzelnd).
Wird müde sein, das liebste Schäfchen,
Macht schnell vielleicht ein kleines Schläfchen,
Sich auf's Ohrchen gelegt ein Stundchen... oder
zwei...

Tornier (aufstampfend).
Hol' der Deiwel die Warterei!

Schmück
(mit unschuldigem Erstaunen.)

Der werthe Herr sich so schnell entfernen?
Ei, ei, das Schnippschen Geduld nicht lernen?
Wer warten kann, führt's Brautchen heim.
Kriechen Alle schließlich auf den Leim.
Werden ihr schon ein Lichtchen aufstecken,
Morgen dem Herrn alles Nähere entdecken,
Versteht sich discret!.. Ganz entre Nanu....

Tornier
(hat in plötzlichem Einfall nach seiner Rocktasche gegriffen, ist
zur Kammerthür gegangen, klopft).

Heda... Die Thür noch immer zu?

Schmück (siegessicher).

Und bleibt auch zu, für's erste noch.

Tornier
(sehr laut gegen die Kammer).

Wie wär's denn mit einem Tulpchen Groch?

Schmück (ungläubig).

Was Groch? Ei, ei... Wer hat denn welchen?

Tornier
(durch die Kammerthür rufend).

Obacht, voll Rum ein ganzes Bouteillchen!

(Er schwenkt eine Flasche, die er aus der Rocktasche gezogen
hat, und klopft wieder).

Schmück
(sich unbehaglich erhebend).

Hm, hm... Das sind' ich ein bischen überrascht!..

Tornier
(streichelt siegesbewußt seine Rumflasche und weist auf seine
Rocktasche).

Zu Eurem Malheur so mitgepascht!
Ja, ja, mein Edler, Ihr habt eine **Ahnung!**
Man kennt sich aus in der Liebesanbahnung!
(Er klopft wieder an die Thür.)
Ein Fastnachtsgroch!... Wer hält mit mir Stange?

Schmück
(ebenfalls an der Thür, wühlt nach irgend etwas in seinem Pelz).

Dem Alterchen macht man so leicht nicht bange ...
(An der Kammerthür wird geschlossen. Die Thür öffnet sich
ein wenig.)

Julie
(streckt ihren Kopf durch die Spalte.)

Was hört man Schönes? — Was sieht in Petto?

Tornier
(seine Flasche hoch schwingend).

Hurrah! Zehn Gläserchen Groch giebt's netto!
Jetzt 'ran zum solennen Fastnachtskränzchen!

Schmück
(hat ebenfalls eine Flasche aus den Tiefen seines Pelzes gezogen).
Offerire noch extra ein Punschessenzchen ...

Tornier (mit langem Gesicht).
J kick mal Einer den alten Sünder!

Julie
(in der offenen Thür, klatscht vergnügt in die Hände).
Wahrhaftig, zwei richtige Leckermünder!

Schmück
(seine Flasche ebenfalls vor sich haltend).

Man weiß auch was von Lebensart …

(Er zeigt verschmitzt auf eine verborgene Pelztasche.)

Julie (vor Lachen losplatzend).

Hat jeder in Schlauheit sich's aufgespart,
Die Taschen sich heimlich vollgestopft …!

Schmück (naserümpfend).

Das Fläschchen auch lieber nachher entpfropft!

Tornier
(stellt seine Flasche heftig auf den Tisch).

Da schlag' doch gleich der Deitschler rein!
Jetzt noch den Fastnachtsgroch zu Drein!

Julie (mustert komisch die Beiden).

Vielleicht noch sonst was in Vorbereitung?

Schmück
(dicht bei ihr mit Verbeugung, zeigt auf das Sopha).

Beliebt's den Arm zur Hinüberleitung?

Julie (ohne auf ihn zu hören).

Ein Tütchen Konfect? Paar Krümchen Makronen?

Tornier (klopft Schmück auf die Schulter).

Wollt Euch nicht lieber für's Wasserkochen schonen?
Denkt weiter nichts wie an's Schöngethu'!

Julie (mit entrüsteter Miene).

Ein Fastnachtspunsch und nichts dazu?!

Schmück
(schüttelt vorwurfsvoll den Kopf).

Was?! Pfui doch mit Wasser! … Je besser, je steifer!

(Er grinst.)

Tonier (anerkennend).

Honneur!... Das nenn' ich Bekneipungseifer!

Schmück (händereibend, schmunzelnd).

Der Eine macht's langsam, dem Andern geht's schnell.
Wie wär's mit einem Punschduell?

Julie
(hat einen Augenblick simulirt, plötzlich ausbrechend).

J was! Soll auch was im Schmortopf schmorzeln!
Zur Feier des Tags giebt's Fastnachtsporzeln!

Tornier
(mit der Faust auf den Tisch schmetternd).

Mensur auf Groch?!.. Ich halt' Euch beim Wort!

Julie (kommandirend).

Gleich vorwärts zum Backen! Alle Mann an Bord!

Tornier (zu Julie).

He? Porzeln giebt's? Hurrah, mein Bauch!

Schmück (schwelgend).

Mit Punsch dazu ein Preisgeschlauch.
Man trinkt, bis Einer unter'm Tisch,
Der Andre angelt sich den Fisch.

Tornier.

Man nicht gleich das Maul so übervoll!

Julie (aufgebracht hin und her).

Er angelt sich den Fisch..! Zu toll!
Na wart'! Mich hier beim Punsch verhandeln!

Schmück (sucht sich wieder anzuschleichen).

Ach, ging's doch ohnedem anzubandeln!

9*

Tornier (dazwischen, abwehrend).

Pst! Achtung! Anfassen verboten! (Mit Pantomime.)
Die Gurgel erst!.. Nachher die Pfoten!

Julie
(steht am Werktisch, mit plötzlichem Einfall).

Gut denn! Es sei! Wir halten's fest!
Getrunken bis zum schäbigen Rest!

Tornier (entflammt).

Bis Einer unter'n Tisch gesunken!

Schmück (schmunzelnd, mit Geberde).

Und dann dem Andern zugewunken...

Julie (majestätisch).

Abwarten! Das Weit're wird sich finden!

Schmück
(vorsichtig, einschmeichelnd zu Julie).

Zur Vorsicht vielleicht sich schriftlich verbinden...?

Tornier (großartig).

Selbstredend! Wer jetzt im Gotteskampf siegt...

Schmück (devotest).

Die werthe Frau als Zugabe kriegt.

Julie
(lacht, wirft den Kopf in den Nacken).

Wie jeder sich schon paßt als Held!..
Und schließlich Beide noch geprellt!

Tornier (polternd).

Hoho!... Man wird sich den Lohn schon holen...

Schmück
(schmunzelnd einfallend, mit Geberde auf Tornier).
Hat nur der And're sich empfohlen.

Tornier (achselzuckend).
Na, Edler, Ihr seid ja doch blamoren!
Am besten, Ihr gebt Euch gleich verloren!

Julie (aufstampfend).
Hat's bald genug mit Renommiren?
Jetzt flink, die Porzeln einzurühren! ....
Der junge Herr sich nicht gespreizt!
Marsch ran! den Ofen angeheizt!

Tornier (auf Schmück deutend).
Ei, hier das alte Knickebein?

Julie
(einfallend, mit erhobenem Arm).
Teigt mir sofort die Porzeln ein! ....
Den Einrührnapf da aus dem Schrank!
(Gegen Tornier.)
Der Herr noch auf der Ofenbank?!
Das Holz mir her! Wird's bald, Johann?

Tornier
(hat an der Bank gelehnt, erhebt sich).
In Teufels Namen! Denn man ran!

Schmück
(schmunzelnd, auf halbem Wege zum Spind).
Der Herr Tornier als Stubenfee ...!

Tornier

(mit deutlicher Pantomime).

Vielleicht mal bald als Hausportier!

(Er geht vorn links hinaus, läßt aber die Thür weit offen.)

Julie (ihm nachrufend).

Gleich in der Küche liegt das Holz.

Schmück (vor sich hinkichernd).

Ja, ja, ein strammer Küchenbolz!

(Händereibend zu Julie.)

Man holt das Reißen sich im Nu,
Wär besser nicht das Thürchen zu?

(Er nähert sich Julie, wie um die Thür zu schließen.)

Tornier

(etwas Holz im Arm, streckt den Kopf herein).

Die Thür kann ruhig offen sein.

Schmück

(immer näher an Julie).

Es kommt ein bischen Zugluft rein....

Julie

(wie in plötzlichem Einfall).

Herrje! Um's Haar das Mehl vergessen!
Holt nur den Porzelnapf indessen!

(Sie läuft hinaus in die Küche und schließt die Thür Schmück
vor der Nase zu.)

Schmück

(verdutzt vor der geschlossenen Thür).

Ei, ei... Das find' ich doch recht plötzlich!...
Die Thüre zu!.. Sehr unergötzlich!

(Er rüttelt an der Thür, sie bleibt verschlossen.)

Torniers (Stimme von draußen).

Wünsch' drinnen gute Unterhaltung!

Juliens (Stimme von draußen).

Und ja nur keine Halserkaltung!

Schmück (rüttelnd).

Das geht ein bischen über die Schnur! ...
Wär' irgendwo ein Äxtchen nur!
(Er sieht sich suchend in der Stube um, dann mit neuer Wuth
rüttelnd.)
Wird's jetzt der Herrschaft bald gefällig? ....
War's nicht ein Kuß? ... Die Thür einprell' ich!
(Er wirft sich gegen die Thür, die im selben Augenblick
aufgeht. Er fliegt halb über die Schwelle.)

Julie
(etwas erhitzt eintretend, eine Schüssel mit Mehl und einen
Milchtopf in der Hand, lacht hell auf).

Der alte Herr wie ein Vogel fliegt!

Tornier
(kommt ebenfalls hinein, ein Tracht Holz im Arm, schreit
lachend).

Und meuchlings auf der Nase liegt!
(Er will die Thür schließen, um Schmück auszusperren.)

Schmück
(steckt im letzten Augenblick Fuß und Kopf von außen durch
die Spalte, zeigt sein prustendes, grinsendes Gesicht).

Fi ... Ja ... mein Herr! Das nennt man Ver=
spätung!

Tornier
(will die Thür zudrücken).

Ein Stündchen mal raus zur Fleischabtödtung!

Schmück

(zwischen Thür und Pfosten, schreiend).

Mich würgt's! Hilfe!... Es klemmt ja! Es klemmt!

Tornier (erhitzt).

J, Bester, warum sich dazwischen gesträmmt!
(Er läßt die Thür etwas nach, um Schmück ganz hinauszu-
schieben. Dabei fällt ihm sein Holz nach und nach aus dem
Arm.)
Zurückgezoppt und zu die Thür'!

Julie

(hat solange lachend dabei gestanden, jetzt mit sittlicher
Entrüstung).

Mir den alten Herrn zerquetschen hier?!

Tornier

(aufgestachelt, im Kampf mit Schmück).

Ae was! Groß' Umständ'! Zurückgezoppt!

Julie

(hat Schüssel und Topf auf die Bank gestellt, wirft sich
dazwischen).

Halt! sag' ich und auf der Stelle gestoppt!...
Mein Gastwirthchen! Mein Edelstein!
Wird hoffentlich nirgends beschädigt sein?!
(Sie macht sich eifrigst um den alten Schmück zu thun.)

Schmück

(hat sich etwas erholt, noch puterroth, keucht und schwitzt).

Bläst Einem bald aus den Lebensodem!

(Er läßt Julien's Streicheln wie ein Hund über sich ergehen
und kuscht sich an.)

Julie
(zu Tornier, mit Majestät).

Pfui, Sie! Und das Holz vom Stubenboden!..
Thut's Brüstchen weh, mein Schmerzensbaus?
(Sie thut wieder zärtlich mit Schmück.)

Tornier (aufstampfend).

Da lern' mir Einer die Weiber aus!

Schmück
(drückt sich dicht an sie, mit lüsternem Behagen).

Das Schulterchen ... ja ... thut schrecklich weh ...

Tornier
(mit ironischem Seitenblick).

Alterchen, Schluckchen Kamillenthee?

Schmück (boshaft zwinkernd).

Man wird's dem Herren auf Rechnung schreiben.
(Zu Julie, girrend.)
Ach, bitte, ein bischen einzureiben...
(Wieder zu Tornier.)
Komm' auch noch mal an's Thürverrammeln.

Julie
(mit Schmück beschäftigt, fährt Tornier an).

Was? Steht noch da? Das Holz aufsammeln!
Gleich abmarschirt dort in die Kammer!......
Und jetzt genug mit Schmerzgejammer!
(Sie giebt Schmück einen Puff und läßt ihn stehen.)

Schmück (melancholisch).

Ach, schon vorbei? Das war so schön!

Tornier (auf ihn zu).

Vielleicht noch einmal draußen steh'n?

Schmück
(vorsichtig rückwärts, weist auf die Kammer).

Wie wär's jetzt mit der Heizerei?

Julie
(hat ihr Geschirr aufgenommen, faßt Schmück beim Arm).

Die Porzeln rühren! Eins, zwei, drei!

Tornier
(hat das Holz aufgesammelt, zu Schmück, der ihn lauernd
beobachtet).

Der edle Gastwirth beim Racheplanen!
Man kann's nur leider im Voraus ahnen.
(Er ist zur Kammerthür gegangen und zieht den Schlüssel
heraus.)
So, bitte! Das Schlüsselloch ist leer!
Wie hübsch, wenn da jetzt ein Riegel wär'!
(Er geht lachend in die Kammer, läßt die Thür breit offen.)

Schmück
(mit verhaltener Wuth).

Man wird sich bei Zeit' schon revanchiren...
(Er dreht sich zu Julie, mit Verbeugung.)
Gehorsamste Meldung zum Porzelrühren.

Julie
(hat die Mehlschüssel und den Milchtopf auf den Werktisch
gestellt, sehr ungeduldig).

Ein unnütz Hin= und Hergestapf!
Bringt mir ja nicht den Einrührnapf!

Schmück
(mit zärtlichen Geberden vor Julie, halblaut flüsternd, sehr
hastig).

Ein Kußchen..! Schnell! Ein Kußchen ergattern!

Julie (auffahrend, überlaut).

Was??!

Schmück
(prallt zurück, flüstert).

St! Ein Kußchen...!

Julie (fast brüllend).

Was thut Er schnattern?

Schmück (entsetzt abwinkend).

St doch! Ein Kußchen!.. Er hört ja! Er hört!

Tornier
(erscheint in der Kammerthür).

Na? Mitten im besten Vergnügen gestört?
Was, Alterchen, jetzt blüht Euer Weizen?

Schmück (schnaufend).

Der Herr schon zurück vom Ofenheizen?

Tornier.

Ei was! Das Feuer brennt lichterloh!

Schmück (giftig).

Im Ofen schon?

Tornier (ironisch).

Ne, anderswo!

Julie
(ist zum Glasspind gegangen, bringt eine kleine Schüssel).

Da, hier der Napf! Jetzt tüchtig rühren!
Man wird den Herrn schon eindressiren!
(Sie schüttet Mehl aus der großen Schüssel in die kleine und
thut Milch d'ran.)

Tornier
(auf dem Absatz wippend).
Recht angejahrter Konditorjunge!

Julie
(hat Schmück einen Löffel in die Hand gedrückt, schnauzt ihn an).
Und faul, wie eine Wagenrunge!
Hübsch dalli! Vorwärts! Tüchtig! Tüchtig!

Schmück
(immer rührend, feucht und pustet).
Sehr angenehm!... Man schwitzt schon richtig!

Julie (commandirend).
Was hier! Das Fett ihm abgeschunden!

Tornier
(aus vollem Halse lachend).
Zur Vorsicht ein Schürzchen noch umgebunden!

Schmück
(mitten in der Arbeit, während er die Schüssel vorsichtig von
sich hält).
Ein Schürzchen ja ...

Julie
(auf dem Sprunge).
Erst Butter holen!

Tornier
(im Begriff, wieder in die Kammer zu gehen).
Na viel Vergnügen und Gott befohlen!

(Ab.)

Schmück
(Julie argwöhnisch beobachtend, hält inne).
Schon wieder mal weg ...?

Julie
(in Unteroffiziershaltung vor ihm).

Mäuschenruhig sich führen!

Schmück (sich duckend).

Ach, ein Momentchen bloß pausiren ...

Julie
(aufgebracht auf die Schüssel weisend).

Ei daß Ihn gleich ...! Es giebt ja Klietern!

Schmück
(deutet wehleidig auf seinen Arm).

Man kann bald nicht, so thut er zittern!

Julie
(reißt ihm den Löffel aus der Rechten und drückt ihn in seine
linke Hand).

Dann mit der Linken, Er altes Wrack!
Sonst sich gefälligst zum Henker pack'!

Torniers
(Stimme aus der Kammer).

Heda! Ich krieg's nicht angebrannt!

Julie
(mit erhobener Faust).

Na wart', komm ich erst rübergerannt!

Schmück (sehr mißtrauisch).

In die Kammer das Frauchen?

Julie (aufstampfend).

Hübsch artig verhalten!

Torniers
(Stimme von drinnen brummend).

Poussirt wohl schon wieder mit dem Alten?

Julie
(mit Gönnermiene zu Schmück).
Geht's nicht mit dem Einen, dann abgewechselt!

Schmück
(stöhnend und rührend).
Ja, ja . . . Wär's erst zurecht gedrechselt! . . .
(Halb vor sich hin, melancholisch.)
Ja, geht's nicht mit Einem, wird abgelöst!

Julie
(schon im Abgehen, wendet sich noch einmal).
Und flott gerührt und nicht wieder gedöst!
(Zur Kammer hin.)
Gleich komm' ich hin! Jetzt giebt's mal Zug!

Schmück
(schweißtriefend bei der Arbeit, murrt vor sich hin).
Ja, leider, mehr als übergenug!

Julie
(in der Kammerthür, dreht sich heftig wieder um).
Was hat er noch in Bart zu brummeln?!

Schmück (verbindlichst).
Nichts weiter . . .

Julie
(drohend in der Thür).
Weh' ihm, hier Zeit verbummeln!
Und gnad' Ihm Gott, sollt' sich erfrechen,
Gar mitten die Arbeit abzubrechen!
Bin wie der Blitz gleich wieder da!
(Ab in die Kammer.)

Schmück
(quirlt unermüdlich, keucht und stöhnt, halb für sich).

Dafür schon lieber nach Amerika!

Juliens
(Stimme aus der Kammer).

Was? Will nicht brennen? Man hört's ja bullern!

Schmück
(als Automat rührend, dabei mit gespitzten Ohren zur Kammer
kopfnickend, aus tiefster Brust).

Und hungrig durch die Därme kullern . . .!
(Man vernimmt aus der Kammer gedämpftes, hastiges Flüstern,
heftige, aber unverständliche Rede und Gegenrede).

Schmück
(unter dem Rühren verzweifelt hinhorchend, rückt krampfhaft
hin und her, Angstschweiß auf der Stirn).

Wär's nicht um die Klietern . . . Herrgott! Herrgott!

Juliens
(Stimme plötzlich laut und heftig aus der Kammer).

Mich festhalten hier, Sie Hottentott?! . . .

Torniers
(Stimme, in Mischung von Lachen und Erregung).

Dableiben, verdammte hübsche Katze!
(Man hört ein Geräusch von Küssen, heftiges Scharren und
Sträuben, dann zwei schallende Ohrfeigen.)

Juliens (Stimme, triumphirend).
Hier eins! Und hier! . . . Wie schmeckt die Pratze?

Schmück
(ist entsetzt aufgesprungen, Schüssel im Arm, einen Augenblick
rathlos. Dann setzt er sich heftig watschelnd gegen die Kammer
in Bewegung, schreit keuchend, seine Schüssel immer im Arm).

Halt' ihm! .. Halt' ihm! .. Komm schon! .. Haalt!!

Julie
(kommt in diesem Augenblick aus der Kammer gesprungen, in
fliegender Erregung).
Solch' Ungeheuer!
(Plötzlich losplatzend, da sie Schmück sieht.)
O Jammergestalt!

Tornier
(hinter Julie her, dunkelroth im Gesicht, in höchster Wuth).
Das sollst mir bereu'n! Das sollst mir bereu'n!

Schmück
(zwischen den Beiden, sehr aufgeregt, die Schüssel immer wie
als Waffe vor sich).
Die werthe Frau nur ruhig sein!...
Steht seinen Mann der alte Schmück!

Tornier (rasend).
Durchlassen hier!... Das kriegst zurück!
Durchlassen! sag' ich!... Das schenk' ich Dir nicht!
(Er will Schmück heftig zur Seite schieben).

Schmück (mit erhobener Schüssel).
Vorsicht, bitte! Es fliegt in's Gesicht!

Tornier
(packt Schmück barsch beim Kragen).
Im Weg hier stehen?! Laß fliegen gleich!

Schmück
(holt mit der Schüssel zum Wurf aus, fast schmunzelnd vor
Bosheit).
Achtung! Jetzt kommt der Porzelteig!

Julie
(im letzten Augenblick dazwischenfliegend).

Hoiho! Den Porzelteig noch grade ....?
Ist für den Kalbskopf viel zu schade!
(Sie stellt sich stramm vor Tornier auf und sieht ihm in's Gesicht)
So, bitte, mein Herr! Jetzt habt den Muth! ...
Was, nicht? .. Jetzt nicht? .. So seid doch so gut! ..
Noch nicht? .. Kühlt nicht Euer Müthchen? ..
Marsch denn! Aus der Küche das Zuckertütchen!

Tornier
(hat schweigend, wie im Kampf, vor ihr gestanden. Plötzlich
muß er lachen, dreht sich achselzuckend ab).

Ae was! Von solchem Unterrock ...! (Gegen Schmück.)
Was gnibbert der alte Ziegenbock?!

Schmück
(seine Teigschüssel im Arm, hält sich kichernd den Bauch).

Um's Haar den Teig an den werthen Kopf ...

Julie
(schlägt sich vor die Stirn, commandirend zu Tornier).

Ja, richtig! Auch gleich den Buttertopf!

Schmück
(wie vorher mit Pantomime).

Zur Vorspeis süß eine Ohrentachtel ...

Julie
(mit neuem Einfall, im höchstem Eifer).

Mein Gott, ist ja wahr! Die Rosinenschachtel ..

Schmück
(mit dem Zeigefinger in der Luft tippend, prustend).

Als Hauptgericht den Porzelteig ...

Tornier
(vom Sophatisch, wo er sich ärgerlich zurückgehalten hat, auf
Schmück zu).
Zuletzt den Puckel windelweich!

Schmück
(wieder in Kampfstellung, mit boshaftem Zwinkern).
Der werthe Herr nehm' sich in Acht!

Julie
(ihm in den Arm fallend).
Weg Er! Ihn auf den Schwung gebracht!
(Zu Tornier, mit Geste zur Küche.)
Macht sich der Herr bald auf die Socken?
(Wieder gegen Schmück.)
Ihn will ich lehren, hier rumzubocken!
Setzt sich gefälligst auf's Abece
Und schleunigst wieder den Löffel dreh'!
Weh' Ihm, sind' ich jetzt Klietern drinnen,
Ließ mir den Teig zusammenrinnen!

Schmück
(mit der Schüssel wieder zu seinem Platz, sehr unbehaglich).
Ei, wär's nicht bald genug trainirt?

Tornier (resignirt).
Na, denn man wieder Ordre parirt! (Zu Julie.)
Den Buttertopf, das Zuckertütchen...

Julie (einfallend).
Ja, Wasser noch, paar Fingerhütchen!

Schmück
(wieder bei der Arbeit, sieht mißmuthig auf).
Kommt das auch an den Teig hier 'ran?

Tornier (lachend).

Kick da! Schon wieder der Porzelmann!.. (Aufzählend.)
Rosinen, Zucker, Wasser, Butter ...
(Ab in die Küche. Die Thür bleibt wieder auf.)

Schmück (ächzend).

Man schwitzt schon gleich durch's Unterfutter!
(Halblaut zu Julie.)
Dem Herrn die Suppe mal gewürzt ...

Julie
(bringt aus dem Schrank eine Schürze, steht vor Schmück).
So! Jetzt den Lehrburschen weiß beschürzt!

Schmück
(immer in seinen Gedanken, mit zärtlichem Augenaufschlag).
Doch Dank verdient als tapf'rer Ritter?

Julie (fährt ihn an).
Als was? Als richtiger Leichenbitter!
Läßt drüben vom Andern mich beleidigen,
Und spielt nachher noch groß den Schneidigen?!
Den Andern flugs zum Teufel treibe,
Das thät ein Mann mit Ehr' im Leibe!

Schmück (begütigend).
Ei, ei, man thut nach seiner Kraft ...

Julie.
Den Andern längst aus dem Haus geschafft!
Das thät ein richtiger Bräutigam!..
Jetzt stillgehalten! Die Arme stramm!
(Sie zieht ihm die Schürze über.)

10*

Schmück

(schwingt seinen Löffel gegen die Küche).

Man wird sich's hinter die Ohren schreiben.

Julie (patzig).

Ach was! Könnt mir gewogen bleiben!..
So jetzt! Bumms, steht er da,
Im Schlapperschürzchen der Großpapa!

Schmück

(weiß beschürzt, wiegt sich selbstbewußt hin und her).

Die liebste Frau nur mal probiren,
Noch leicht mit den Jüngsten concurriren.

Julie

(plötzlich aufschluchzend, Taschentuch vor den Augen).

Seh' ich Euch an ... gleich möcht' ich weinen!
Mein einziger Mann thut mir erscheinen.
Im Unschuldshemdchen, so stand er da,
Am Tag' wie er reist' nach Amerika!..
(Sie betrachtet Schmück, schüttelt wie außer sich den Kopf.)
Vom Kopf bis zur Zeh' ihm nachgeafft ...

Schmück

(sucht sich anzudrängen, verzieht süßsäuerlich den Mund)

Dem Meister ...? Ei wirklich? Recht schmeichelhaft!
(Dann mit neuem Selbstbewußtsein und überlegenem
Schmunzeln.)

Drum also ... rückt man an seine Stell' ...

Julie

(plötzlich sehr ernsthaft, mit Amtsmiene).

Ja, ist der Antrag ganz formell?

Schmück
(sich zärtlich anschmiegend, mit vorsichtigem Schmunzeln).

Ja, ja... Hm... hm... Nur zum Ersatzchen!

Julie
(wieder in Betrachtung von Schmück versunken, verzückt).

Ganz so! Ganz so!

Schmück (liebkosend).

Ach nur ein Schmatzchen?!

Tornier
(aus der Küche, alle Hände voll).

Thut wieder sich niedlich, der Porzelrührer!

Schmück
(sich umdrehend mit boshafter Verbeugung).

Ergebensten Diener, Herr Ofenschürer!

Tornier (wiehernd).

Den alten Bock gar weiß beschürzt!

Schmück (mit Anspielung zur Küche).

Der Herr sich unnütz überstürzt...

Tornier (wie vorher).

Sieht just wie neulich der Meister aus!

Schmück (giftig).

Ei was? Da wär' man ja Herr im Haus!

Julie (dazwischenfahrend).

Marsch, fort zum Tisch! Da steht der Teig!..
(Zu Tornier.)

Rosinen... Zucker... Her mit dem Zeug!
(Sie nimmt Tornier das Betreffende ab.)

Tornier (noch halb bepackt).

Dem alten Sünder die Flügel beschneiden!..

Julie.

Euch Beide hübsch in Geduld bescheiden!
Der Herr kocht drüben das Wasser schnell!
Dann zeigt Euch erst im Punschduell!
Wird sich ja weisen, wer recht was leistet!
Vorher kein Wort Euch mehr erdreistet!

Tornier (stramm stehend).

Zu Befehl! Und die Butter?

(Er hält die Schale vor sich.)

Julie
(mit Geberde nach nebenan).

Auf's Feuer gesetzt!
Zum Trinken indeß die Kehlen gewetzt!

Tornier
(seinen Topf hoch schwingend, eilig ab in's Nebenzimmer).

Hurrah! In's Gefecht!

Julie
(zu Schmück, am Tisch).

Gerührt mit Dampf!

Schmück
(wieder beim Rühren, kichernd).

Hernach dann der Entscheidungskampf!

Julie
(schüttet Zucker und Rosinen in die Schüssel, barsch).

Rühren! Rühren!! Rühren!!! Rühren!!!!

Schmück (keuchend).

O, je doch! Je!.. Bald Schwindel spüren!

Julie

(wie ein Cherub über ihm wachend).

Und wenn Ihm gleich die Fetzen fliegen!

Schmück

(halb aufgelöst, schreit).

Das Schürzchen! Das Schürzchen!

(Die Schürze hat sich ihm in's Gesicht geschoben.)

Julie

(giebt ihm einen Patsch auf den Kopf).

Hübsch 'runterbiegen!

Schmück (prustend).

In den Teig, ja! In Teig!

(Er läßt den Löffel fallen und sinkt zurück.)

Schon ganz apathisch!

Julie

(ihn höhnisch betrachtend).

Was, kann nicht mehr? Ist wohl asthmatisch?

(Losplatzend.)

Auf der Nas' ein Teigkleks!

(Sie tippt ihm auf die Nase.)

Schmück (schwach).

O, meine Knochen!

Das spür' ich mindestens drei Wochen!

Julie

(reißt ihm die Schüssel weg).

In den Teig mit der Gurke! Thut sich nicht

schämen!

Pfui, Er! Und jetzt sich nach drüben bequemen!

Stellt hübsch zum Ofen mir die Schüssel,
Und nicht noch einmal rein mit dem Rüssel!
(Sie drückt ihm die Schüssel wieder in den Arm.)

Schmück

(fährt mit der Hand über Stirn und Nase, puterroth).
Fast ärger, als wenn man Bohnen drischt!

Julie

(wieder auf seine Nase tippend).
Mir nicht noch einmal 'rumgefischt!

Schmück

(wieder etwas erholt, seine Schüssel zärtlich im Arm).
In die Kammer damit zur Ofenbank...
Und dann erlöst!.. Na, Gott sei Dank!
(Er watschelt schmunzelnd zur Kammer.)

Julie (ihm nachrufend).
Und ordentlich die Nase abgetrocknet!

Schmück

(begegnet Tornier in der Kammerthür, macht ein langes Gesicht).
Der werthe Herr schon 'rübersockend?

Tornier

(ihn von oben her ansehend, zu Julie).
Na, Sehnsucht gehabt, mein schneidiges Dickchen?

Schmück

(boshaft zwinkernd, sehr eilfertig).
Gleich wieder zurück, im Augenblickchen!
(Ab nach nebenan.)

Tornier

(nähert sich Julie, mit Blick zur Kammer, gedämpft).
Den grauen Sünder bald überdrüssig!

Julie
(dreht sich hastig um, halblaut).

Ja, Sie! Mit Worten furchtbar bissig!
Hat auf dem Hals den alten Schurken,
Und wagt noch nicht mal aufzumurken!
Den Andern flugs zum Teufel treibe,
Das thät' ein Mann mit Ehr' im Leibe!

Tornier (aufgebracht).

I warr'! Jetzt eklig zusammengekracht!

Julie
(in schönem Eifer, mit blitzenden Augen).

Den Andern längst auf den Schwung gebracht!
Das wär' ein richtiger Bräutigam!
(Sie bemerkt Schmück, der gerade wieder eintritt, mit
Augenaufschlag.)
Sei mir gegrüßt, mein Unschuldslamm!

Schmück
(kommt lauernd heran, reibt sich die Hände).

Gehorsamste Meldung, bald kocht das Wasser!

Julie
(mit süßem Lächeln).

I, wirklich, mein allerliebster Aufpasser?
Hat überall sein Aug' und Ohr...
(Wie bewundernd vor ihm.)
Zu reizend mit dem Schürzchen vor!

Tornier
(hin und her in der Stube, mit verhaltenem Aerger).

Mit Eselsohr und Schlapperschürzchen,
Als Nas ein richtiges Fasnachtswürzchen!

Julie
(mit begeisterten Geberden).

Jetzt hol' ich das Wasser! Noch zwei Minuten!
Dann soll der Groch in Strömen fluthen!
(Eilig ab.)

Tornier
(drohend auf Schmück zu).

Also kurz und gut! Hier fortgeschert!

Schmück
(mit gekreuzten Armen).

Was sprach der Herr? Wohl falsch gehört?
(In Tornier's Umklammerung, widersetzt sich schreiend.)
Hilfe!. Heda!. Er will mich morden!

Juliens
(Stimme aus der Kammer).

Was sind denn das für Räuberhorden?
Gleich gebt mir Ruh!.. Wenn ich komm'.. Weh
Euch!

Tornier
(an Schmück's Gurgel, höhnisch).

Jetzt schmeißt mal mit dem Porzelteig!

Schmück
(sich losreißend, sinkt auf die Ofenbank, blauroth im Gesicht).

Luft!.. Luft!.. Erstickt ja ..!

Tornier *(ihn schüttelnd).*

So schmeißt doch! Schmeißt!...
Jetzt schmeißt mit dem Teig! Nur dreiste! Dreist

Schmück
(wuthschnaubend, mit Mühe hervorstoßend).

Mal erst bezahlt ... Eure Kneipenschulden!

Tornier
(wieder drohend vor ihm).

Was sagt er? Na wart'!

Schmück (zitternd).

An achtzig Gulden!

Tornier
(packt ihn von Neuem an).

He, Menschchen, das wird Dir angestrichen!

Schmück
(zusammengeduckt auf der Bank, mit boshafter Pantomime).

Nur bitte, vorerst die Schulden beglichen!...
Der Herr versteht's! Schnell Einen ermorden,
Und praktisch die Schulden gleich losgeworden!

Tornier
(mit geballten Fäusten vor seiner Nase).

Hier Schulden! Lappalie! Maul Euch gestopft!
(Die Kammerthür öffnet sich.)

Julie
(schnell herein, den Topf mit kochendem Wasser in der
erhobenen Rechten).

Ruhe im Saal!.. Und angeklopft!
Da, hier das Wasser!.. Kochende Gluth!
Jetzt, Kinder, macht mir die Mischung gut!
(Sie ist zum Glasspind gegangen, nimmt Gläser heraus, geht
zum Tisch.)

Vorwärts! Hier Zucker! Hier Gläser drei!
Vorwärts! Los mit der Sauferei!

Schmück
(mit bösem Seitenblick auf Tornier).

Das junge Herrchen nimmt wirklich dran Theil?

Tornier
(den Blick hochmüthig erwiedernd).

Die morschen Knochen schon wieder heil?
Noch eben gewinselt gottserbärmlich ...

Schmück
(am Sophatisch, entkorkt seine Rumflasche, scheinbar überhörend).

Solch' Punschchen ist doch zu erwärmlich ...

Tornier
(ebenfalls am Tisch, seine Rumflasche entkorkend, zu Julie,
mit Geberde auf Schmück).

Nicht wahr, mein Krauskopf? Hier höchst entbehrlich!

Schmück
(mit seinem Glase beschäftigt, wieder von der Seite).

Mir scheint, der Andre fällt eher beschwerlich.
Braucht nur die liebste Frau zu fragen.
(Er wirft Julie einen fragend triumphirenden Blick zu.)

Tornier
(ebenfalls bei seinem Glase, mit siegesgewissem Blick zu Julie).

Jawohl, wird Euch die Wahrheit sagen!
Den Andern flugs zum Teufel treibe ...

Schmück
(schmunzelnd einfallend, nickt Julie zu).

Das thät ein Mann mit Ehr' im Leibe!

Tornier
(mit der Faust auf den Tisch schmetternd).

Potz Donnerkiel! Was soll das Gefopp?!

Schmück

(sein Punschglas wie zur Vertheidigung vor sich).

Vorsicht, bitte! Nicht wieder grob!

Julie

(wiegt sich lachend in den Hüften).

Zu lächerlich! Wie von Rand und Band!...
Reicht keiner ein Glas?... Sehr ungalant!

(Sie setzt sich auf's Sopha und langt nach einem Glas.)

Schmück

(eilfertig ein Glas reichend).

Hier, Herzchen, meins!... Total auch verschwitzt!

Julie

(verächtlich, während sie das Glas nimmt, das ihr Tornier
gereicht hat).

Was, Seins?... Hier dies!

Tornier (höhnisch.)

Mal abgeblitzt!

Schmück

(zerknirscht, mit Augenaufschlag, Hand auf dem Herzen).

Den treusten Verehrer so tief zu kränken!

Julie (ungeduldig).

Beliebt's die Gläser jetzt einzuschenken?

(Mit einladender Geberde zu Schmück.)

Mein Opferlamm rechts... Der Bock zur Linken!

(Sie weist Tornier nach links. Beide postiren sich rechts und
links vor ihr am Tisch.)

Steht Jeder bereit, sich vollzutrinken?

Tornier (in Kampfespositur)

Je bälder, je lieber! In Teufels Namen!

Schmück
(wie betend, mit schmunzelnder Geste auf Tornier)
Erlös' uns von dem Uebel, Amen!

Tornier
(auf den Tisch schlagend).
Auf Ehre! Der Durst nicht von schlechten Eltern!

Schmück
(nachdenklich schmunzelnd gegen die beiden Flaschen).
Nur, was zuerst zusammen keltern?

Julie
(hoheitsvoll, während sie die Gläser füllt).
Abwechselnd Groch, dann wieder Punsch,
So kneipt Euch ein nach Herzenswunsch!

Tornier (siegesbewußt).
Na, Alter, diesmal geht's an die Nieren!

Schmück
(prüft blinzelnd die Gläser, zu Julie).
Der Ordnung wegen erst mal probiren ...

Julie
(die Gläser hinsetzend, überlegen).
Was hier?! Gezuckert, gemischt auf's Best'!
Jetzt angesetzt und aus zum Rest!
(Beide setzen an und trinken.)

Julie
(hält sich die Seiten vor Lachen).
Zum Schreien gleich! Zu lächerlich!
(Plötzlich anerkennend.)
Potz Tausend, sauft Ihr mörderlich!

Tornier
(ein leeres Glas auf den Tisch schmetternd).

Aaaaah! .. Gezogen wie ein Loch!

Julie
(bedenklich, mit kokettem Blick zu Schmück).

Der alte Herr saßt schneller noch . . .

Schmück
(hat gleichzeitig sein Glas hingestellt, behaglich).

Wie hübsch das durch die Gurgel fluthet!

Tornier
(aufgeregt Schmücks Glas musternd).

Was für ein Rest! Und so geblutet!

Schmück (verbindlich).

Ei nun, man sieht ja zu weiter'm Gang .

Tornier
(in zunehmender Erregung).

Selbstredend! Her mit dem Labetrank!

Julie
(die Gläser aus der andern Flasche füllend).

Diesmal giebt's Punsch von besser Güte.

Tornier
(unzufrieden, kopfschüttelnd).

Gläserchen . . . Reinste Fingerhüte!

Julie
(dann und wann an ihrem Glase nippend, mit erhobenem
Finger zu Tornier).

Und merkt Euch wohl, wer zuerst sich bekneipt . . .

Schmück

(über das ganze Gesicht schmunzelnd, bedeutungsvoll).

Uns künftig hübsch vom Leibe bleibt!...

Julie (aufstampfend).

Was brasselt er? Hält gleich sein Maul!

Tornier

(auf Schmück zugehend).

Na, alter Hallunke? Sündengaul!
Wie wär's, man packt Ihn mal beim Kragen?

Schmück

(sich vorsichtig zurückziehend, Glas in der Hand).

Drei Schritt Distanz...

Julie

(dazwischen, mit Eingebung).

Euch artig betragen!...
Zurück auf Eure Sitze stracks!

(Mit erhobenem Glas.)

Ein Hoch zu Ehren des Fastnachtstags!

(Alle kehren auf ihre Plätze zurück und erheben die Gläser.)

Julie

(fortfahrend, mit Schmerzensgeberde und Augenaufschlag).

Ein Hoch auch auf das, was mein Liebstes
        hienieden:
Auf meinen Mann, der nun geschieden!
Mit Körper fern, doch nah' im Herzen...
Wie kann ich Dich Liebsten, Besten verschmerzen!
Meine Stütze! Mein Glück! Mein Gut und mein
        Geld!

Bald sitzt er drüben in der neuen Welt!
(Sie zieht ein Taschentuch vor und schnäuzt sich.)
Mein Stern! Mein Held Du! Mein weitgereifter!

Schmück
(mit erhobenem Glas, kichernd).
Vivat hoch der werthe Schneidermeister!

Tornier
(ebenfalls anklingend).
Ein Hoch ihm mit diesem Punschgemengsel!

Julie
(fortfahrend, mit edler Begeisterung).
Ihr Andern aber? Was seid Ihr? Anhängsel!

Tornier (schmetternd dazwischen).
Anhängsel? Oho!

Schmück (giftig).
Wie sagt die Frau?

Julie
(fortfahrend, mit wachsendem Eifer).
Anhängsel, alle! Und keinem trau'!
Du edles Herz! Nur Du allein ...
Ach, möcht'st doch drüben gut aufgehoben sein!
Ohne Dich! Ohne Dich! Alle Tage grau!
Ja wirklich! Wahrhaftig! Das glaub' Deiner Frau!
(Sie erhebt ihr Glas und trinkt schmerzlich.)

Tornier
(mit ihr anstoßend, wiehernd).
Bravo! Ein Fetz! Ein phänomenaler!

Schmück

(ebenfalls mit Julie anstoßend, schmunzelt beträchtlich).

Und wer's nicht glaubt, bezahlt einen Thaler.

Julie (heftig dazwischen).

Wer glaubt nicht? Was glaubt nicht? Wer will
sich erfrechen?....

(Mit Augenaufschlag.)

Gewiß, Du Guter, auch Du hast Schwächen!
Laß Dich darum von Niemand verhöhnen!
Ich will's Euch Allen mal gründlich verpönen!
Zur Straf' drum, ein Jeder, was er kann,
Lobpreist mir jetzt meinen seligen Mann!

Schmück

(unbehaglich hin und herrückend).

Ließ sich's auf and're Art nicht büßen?

Tornier (belustigt).

Bravo! Den Fall mit Punsch begießen!

(Er trinkt sein Glas auf einen Zug leer.)

Julie

(sein Glas mit Grogk füllend).

Und wer im Bösen vorangegangen,
Hat gleich mit der Buße anzufangen.

Tornier

(springt auf, Glas in der Hand).

Ich nehm' mein Glas und trink' auf den Meister!
Das war doch kein Bock, kein angegreifter!
Kein alter Sünder, hartgesotten!
Kein grauer Hallunke mit Liebesmarotten!

Schmück

(sein Glas leerend mit giftigem Blick zu Tornier).

Das junge Herrchen . . . zu übermüthig!

Tornier

(immer lauter, gegen Schmück gewendet).

Kein Wolf im Schafspelz, weiberwüthig . . .!
Kein höchst aufbringlicher Störenfried!
Das war ein Mann mit Lammsgemüth!

Julie

(in seliger Verzückung an ihrem Glase nippend).

Du braves Herz! Hörst jetzt Dein Lob?

Tornier

(auf den Tisch schlagend).

Wohl ihm, daß er nach drüben schob!
Wohl ihm! Wohl uns! Darauf den Tropfen!

(Er trinkt sein Glas aus und setzt sich.)

Schmück

(sich eilig erhebend, mit boshaftem Schielen zu Tornier).

Soll grünen Burschchen auf die Finger klopfen!

(Er räuspert sich.)

Der gute Meister . . . ja, der ist fort,
Der schwimmt nun schon auf hohem Bord.
Doch Andre leider . . . die bleiben hier.

(Mit höhnischer Verbeugung zu Tornier.)

Damit mein' ich nicht den Herrn Tornier.
Nur giebt es . . . man weiß schon . . . gewisse Gesellen,
Thun nichts als Andern den Spaß vergällen.
Führen sich auf rein windhundmäßig
Und schnappen nach Allem, übergefräßig.

11*

Wollen jeden Brocken alleine haben,
Und sind doch nichts wie Waisenknaben!
Spotten frech über alle grauen Haare.
Zahlen aber ... Zahlen ... I bewahre!

Julie
(hat lachend zugehört, trinkt Schmück zu, klatscht in die Hände).
Das sitzt! Hurrah! Das packt ihm beim Schopf!

Tornier
(hat sich während der Rede kaum gebändigt, heftig getrunken.
Jetzt springt er auf, mit rothem Gesicht).
Schubbiak verdammter! Das kost' ihm den Kopf!
(Er will sich auf Schmück stürzen, wird aber von Julie zurück=
gehalten. Im Kampf mit ihr, außer sich.)
Jetzt hat's ein End'! Jetzt kommt's zum Krach!

Schmück
(hinter seinem Stuhl, Glas in der Rechten, während er mit
der Linken eine Rechnung präsentirt, die er aus der Tasche
gezogen hat).
Nur erst begleiche der Herr seine Sach'!

Julie
(zwischen ihnen, mit erhobenen Händen, wie zum Gebet).
Zurück! Zurück! Ich beschwör Euch beim Schatten
Von meinem verschwundenen, seligen Gatten!
(In diesem Augenblick wird die Thür rechts aufgerissen. Ein
Schnarren ertönt).

Jungfer Stawernack
(stürmt herein, mit der Schnarre in der Hand, athemlos keuchend,
dazwischen schnarrend).
Der Meister!.. Der Meister ist wieder da!..
Der Meister!.. Zurück aus Amerika!..

Polzin

(erscheint im Reiseanzug, wie bei der Abfahrt, hinter der
Jungfer in der Thür, steht mit ausgebreiteten Armen).

Juuul ... chen! . . . .

. . . .

(Tornier, Schmück und Julie sind erstarrt stehen geblieben, wie
versteinert in ihrer Kampfstellung gegen einander. Jungfer
Stawernack in der Mitte der Stube, ringt nach Athem. Die
Schnarre hängt in ihrer Hand).

Polzin.

(nach einem Augenblick einen Schritt näher, wieder mit aus=
gebreiteten Armen, in schluchzender Rührung).

Juuuul ... chen!

Julie

(erwachend, stürzt in seine Arme).

Polzin! .. Mein ... Polzin!

Tornier

(sich auf dem Absatz umdrehend).

O weh, mein Bein! .. Da haben wir ihn!

Jungfer Stawernack

(hat sich erholt, trippelt auf Schmück zu, knixt).

I Diener, Herr Schmück!

Schmück

(sehr verbindlich, verbengt sich ebenfalls.)

Ei, sehr erfreulich!

Jungfer Stawernack.

Der Herr erst heimgekommen von neulich?

(Beide sprechen halblaut mit einander, unter gegenseitigen
Höflichkeitsbezeugungen).

Polzin

(an Juliens Busen, thränenerstickt).

Juul ... chen!

Julie

(ebenfalls außer sich).

Mein Stern! Mein Engelsgesicht!

Polzin

(sich umsehend, etwas gefaßter, wie fragend).

Jul ... chen ..??

Julie

(ihn von neuem umhalsend).

Ja doch, mein Augenlicht!

Polzin

(fast erstickt unter ihren Liebkosungen, mit dringendem Fragen).

Juul .. chen ..???

Julie

(unter Thränenschwall suchend).

Gleich, Schatz! Nur mein Taschentuch!

(Sie schnäuzt sich).

Polzin

(herausdrückend, mit argwöhnischem Spähen).

Sag', Julchen ... hast Du die Herrn auf Besuch?

Tornier

(näherkommend, klopft Polzin auf die Schulter).

Ich grüß' Euch, edler Biedermaier!

Julie

(immer noch liebkosend).

Ja, Lieb, ein bischen zur Faftnachtsfeier!

Tornier
(Polzin musternd, ironisch).

Ging ziemlich schnell von drüben retour!

Julie
(sich aufrichtend, ziemlich laut).

Ei, freilich, mein Braver, so sag' doch nur!
Willst nicht gefälligst den Mund aufsperren?

Polzin
(immer mißtrauisch sich umsehend, mit Jammerton).

Julchen, hast auf Besuch die Herren?

Julie
(mit eingestemmten Hüften vor ihm).

Was kommst zurück? Erst mir gebeichtet!
(Wieder in Rührung).

Drei Tage gesessen, thränenbefeuchtet,
Drei Tage nur immer an Dich gedacht,
Vom Morgen an bis zur Mitternacht!

Polzin
(kopfschüttelnd ein paar Schritte durch die Stube).

Noch Alles wie neulich, so unverändert...

Julie
(ihm nach, in heller Entrüstung).

Siehst nicht meine Augen, wie schwarzberändert?!
Siehst nicht dies Fest zu Deinen Ehren?!
(Sie zeigt auf die Gläser.)

Frag' nur die Herren! Die können's beschwören!
Und ganz umsonsten sich aufgeregt???...
Was kommst zurück? Jetzt losgelegt!

Schmück

(solange von der Jungfer in eifrigem Flüstergespräch festge=
halten, watschelt näher).

Ei Kompliment, mein werther Polzin!

Polzin

(in plötzlichem Ausbruch auf den Schemel sinkend, mit flehen=
dem Blick zu Julie).

Julchen, ich komm' ja von Berlin!

Julie

(mit Polizeimiene über ihm).

Von wo? Ich denk', von Amerika?

Polzin (aufgelöst).

Julchen, ich war ja garnicht da.

Jungfer Stawernack

(hinter den alten Schmück, zu Polzin, mit süßlicher Miene).

Nein, liebster Meister, wie frisch und gesund!

Julie

(mit heftiger Wendung zur Stawernack).

Still hier!...

(Dann wieder gegen Polzin.)

Warum nicht? Mit welchem Grund?

Tornier

(ist verdrießlich hin= und hergegangen, hat öfters getrunken,
kommt wieder zu der Gruppe).

Gespannt wie ein Regenschirm! Losgeschossen!

Schmück

(in sich hineinkichernd, bei Polzins Anblick).

Sitz twie ein Pudel, schwanzbegossen!

Julie
(ironisch vor Schmück).

Der Herr sich doch mit der Jungfer unterhalte!
Paßt reizend zusammen, zwei so gleich Alte!

Jungfer Stawernack
(mit funkelnden Augen).

Am besten Herr Schmück, man thät sich verfügen,
Hier nicht länger zur Last . . .

(Sie macht eine liebenswürdig einladende Geberde zu Schmück).

Julie
(einfallend, weist ebenfalls zur Thür).

Ei mit Vergnügen!

Schmück
(mit devoter Bestimmtheit).

Die werthe Jungfer gewiß nicht stören!
Auf eig'ne Rechnung ein Weilchen noch zuhören . . .

(Er retirirt sich rückwärts zum Sophatisch und schenkt sich
sein Gläschen voll.)

Tornier
(ebenfalls am Tisch mit seinem Glase, wohlwollend).

Ich rath' Euch, Jungfer, zu Nutz und Frommen,
Den Bruder nur gründlich in Obacht genommen!

Jungfer Stawernack
(verbeugt sich geschmeichelt).

Der Herr Tornier macht immer seinen Scherz . . .
Bleibt doch das Schönste, ein junges Herz!

(Zerschmelzend zu Schmück.)

Nicht? . . .

(Sie hat sich neben Schmück an den Tisch gesetzt und schmiegt
sich zärtlich an.)

Julie

(hat sich am Tisch mit einem Schluck Punsch gestärkt, kommt wieder zurück, in neuem Kampfesfeuer zu Polzin).

Jetzt, Bester, jetzt rausgerückt!

Tornier

(Glas auf den Tisch stampfend).

Ja, kritischer Fall! Scheint höchst verzwickt!

Polzin

(hat kläglich auf dem Schemel gesessen, die Beine von sich gestreckt, die Arme trostlos herabhängend, in stummem Jammer, wie etwas in der Kehle würgend. Plötzlich bricht er wieder aus).

Julchen, ich bin Dir ja so gut!
Du weißt ja nicht, wie Einem zu Muth!

Julie

(majestätisch vor ihm).

Und warum zurück? Warum nicht gereist?

Polzin

(in Rührung, mit flehendem Blick zu Julie).

Julchen, Du weißt nicht, was liebhaben heißt!

Julie

(mit weitaufgerissenen Augen).

Was? Weiter nichts?!

Polzin

(mit emporgestreckten Händen).

Julchen, verzeih'!

Tornier

(mit dem Daumen schwippend).

Hiergeblieben aus Liebhaberei!

Schmück
(solange im Flüstergespräch mit der Jungfer, aber immer eifrig
beobachtend, fällt ein).
Der Herr Tornier scheint sehr interessirt....

Jungfer Stawernack
(hat eifrig, aber gedämpft auf Schmück eingesprochen, jetzt
laut, wie im Fortspinnen eines Fadens, mit bedauerndem
Augenaufschlag).
Und Niemand, der Euch den Haushalt führt...
(Sie verwickelt Schmück auf's Neue in's Gespräch.)

Polzin
(noch auf dem Schemel).
Julchen, sei gut! Trag's mir nicht nach!
War ja vor Sehnsucht rein krank und schwach!

Julie
(ist heftig hin- und hergegangen, bleibt wüthend stehen).
Schon wieder mal? Mich wieder betrogen?
Schon wieder was aus den Fingern gesogen?!
Schon wieder mal vor Liebe schwach,
Und lacht sich in's Fäustchen hintennach?!
Weißt noch? Gewisse zweihundert Thaler?
Weißt noch? Weißt noch, Herr Amerikaprahler?...
Jetzt wieder nichts! Und immer nischt?...
Zum letzten Mal mir's aufgetischt!
(Sie stürzt zum Schrank und fängt an, ihre Kleider heraus-
zunehmen, dreht sich dabei um.)
Zum letzten Mal mir renommirt!

Tornier
(Polzin auf die Schulter klopfend).
O weh! Bis auf die Knochen blamirt!

Polzin
(Julien ängstlich beobachtend).

Julchen... Was packst denn da am Spind?

Julie
(eifrig beschäftigt).

Siehst nicht, daß das meine Kleider sind?
(Auf ihn zu.)
Ei richtig, mein Freund, nur her mit dem Geld!
Erzähl' uns doch was von der neuen Welt!

Polzin.
(versucht sich zu erheben).
Julchen, so hör doch...!

Julie
(immer höher anwachsend).
Und die Koffer voll Gold?
Vor Neid ja Alles zerplatzen sollt!
Und zwanzig Kleider von schwarzer Seiden!
Gleich aufmarschirt... Oder ich laß mich scheiden!

Polzin
(Hand an den Ohren).
Wie sagst, Julchen?

Schmück
(aus der Umklammerung der Stawernack, mit bedenklichem
Kopfschütteln).
Die Sache wird brenzlich!

Tornier
(mit überschlagenen Beinen am Tisch).
Totale Abfuhr. Voll und gänzlich!

Jungfer Stawernack
(dicht bei Schmück, immer wie im Fortspinnen desselben Fadens).

Und grad' so einer, Herr Schmück, wie Ihr …

Polzin
(wieder wie in innerm Kampf, mit Jammermiene).

Mäuschen, kommst nicht her zu mir?

Julie
(wieder am Spind, ihre Sachen zusammenraffend).

Ich laß' mich scheiden!.. Ich bleib' nicht
mehr!..

Polzin
(mit wachsender Angst, auf seinem Stuhl hin und her).

Julchen, komm' bloß ein bischen her!

Julie
(immer im Packen).

Da seht den Held! Reißaus genommen!
Erfrecht sich aus Liebe zurückzukommen!
Um weiter nichts …!

Tornier (entrüstet).
Ja, starkes Stück!

Julie
Gut denn! Jetzt versuch' ich mein Glück!

Polzin
(weiß sich nicht mehr zu helfen, ist aufgestanden, mit einem
Entschluß ringend).

Lieb=chen …??

Julie
(mit der gepackten Tasche).
Jetzt werd ich's mal wagen!

Polzin
(auf sie zuhinkend, mit gesenktem Kopf).
Julchen, ich will Dir ja Alles sagen ...

Julie
(überrascht näherkommend).
Schon wieder was? Das wird ja nett!

Jungfer Stawernack
(wieder laut, in Flötentönen zu Schmück).
Ein hübsches Heim, recht schmuck und adrett ...

Schmück
(etwas zaghaft schmunzelnd).
Die werthe Jungfer spricht sehr verführlich ...

Jungfer Stawernack
(eifrig fortfahrend).
Die Betten sauber, das Essen manierlich! ..

Tornier
(gedämpft zu Julie).
Obacht! Da spinnt sich etwas an!

Polzin
(hat so lange mit sich gekämpft, steht vor Julie).
War Sonntag zum Agenten rau ...

Julie
(mit aufgerissenen Augen)
Und was? Was weiter?

Polzin (herausplatzend).
Ich darf ja nicht!

Julie (wie versteinert).

Er darf nicht?

Polzin
(kläglich, mit emporgestreckten Händen).

Julchen, nicht solch' ein Gesicht!

Julie (noch immer starr).

Er ... darf ... nicht ...

Tornier
(ist herangetreten, abwinkend).

Na na ...!

Schmück
(vom Tisch her, sehr überrascht).

Ei sapperment!

Polzin (zögernd, verschämt)

Ich stand zwei Stunden beim Agent ...
Half Alles nichts ... Ich sag' Dir ja ...
Ich darf nicht nach Amerika!

Schmück
(wieder aus dem Gespräch mit der Stawernacken herausbrechend,
ungläubig).

Der werthe Meister hat sich verhört ...

Jungfer Stawernack
(Schmück's Arm festhaltend, zerschmolzen).

Nur eine Bitte mir gewährt? ...
(Sie umspinnt ihn von Neuem mit gedämpften Reden.)

Julie
(die Hände zusammenschlagend, außer sich).

Er ... darf ... nicht ...!

Polzin
(sie verschämt liebkosend).

Mein Engel, bist mir bös?

Tornier
(mit ungläubigem Achselzucken).

Ober=faul!... Höchst mysteriös!

Julie
(langsam zu sich kommend, mit unheildrohendem Blick).

Weshalb denn nicht?

Polzin
(hat aus seinem Rock einen Schein gezogen, überreicht ihn
Julie sehr zaghaft und schämig).

Vom Agent dies hier!...
Steht Alles darauf auf dem Papier!

Julie
(hastig den Schein entfaltend, fängt an zu lesen).

„Es hat der Präsident der Vereinigten Staaten
Mitsammt Kongreß und hohen Senaten
Nach allerneuesten Akten und Noten
Bei Strafe... die Einfuhr... von Krüppeln
verboten..."

(Sie läßt sprachlos den Schein sinken und mustert Polzin von
oben bis unten.)

Polzin (schreiend).

Jul... chen!!

Tornier (wiehernd).

Ver... flucht!

Schmück
(sehr neugierig und unruhig).

Und mein Billet?

Julie
(außer sich in der Stube umher, kreischend).

Schei=dung!... Schei=dung von Tisch und Bett!

Polzin (hinter ihr her).

Juuul=chen!

Julie (wie vorher).

Nicht anrühren ...!

Schmück
(sehr verdrießlich, kratzt sich hinterm Ohr).

Ei, gottverdammt!

Jungfer Stawernack
(mit glühendem Eifer).

Nur zum Versuch ...!
(Sie beugt sich zärtlich zu Schmück).

Tornier
(hat den Schein aufgehoben, mit Stentorstimme).

Silentium allsammt!

„Ob taubstumm, lahm, oder sonstiger Dreck,
Sie bleiben künftig auf Zwischendeck weg!
Doch wird ihnen beileibe kein Mensch verbieten,
Gegen baar zu reisen per erste Kajüten ...
Berlin, mit Stempel, Datum, Siegel,
Ergeben't Generalagent Fritz Höllriegel!"

Schmück
(sich erhebend, sehr verschnupft, zu Polzin).

Und Euer Billet ... Wie steht's mit dem?

Jungfer Stawernack
(ebenfalls aufstehend, süß).
Denkt nur in der Wirthschaft, wie bequem!

Tornier
(ironisch zu Schmück, mit Anspielung auf Polzin).
Wie wär's denn jetzt mit erster Kajüte,
Fünfhundert Mark . . .

Schmück
(hat sich wieder gesetzt, giftig).
Ei, Gott behüte!

Polzin
(bei Julie, mit flehenden Geberden).
Mein Stern . . . .?!

Julie
(auf der Ofenbank, entrüstet).
Fort, sag' ich! Das ist zu scharf!
Ich hab' einen Mann, der nicht auswandern darf!
(Sie springt wieder auf und rennt herum.)

Polzin (wieder hinter ihr).
Julchen, so komm' doch zu Vernunft!

Julie (exaltirt).
Nicht auswandern mal! Von der Krüppelzunft!
Ob taub oder sonstiger Dreck . . . Wie heißt?
(Sie stürzt auf den Schein zu und greift ihn auf.)

Polzin (gerührt).
Julchen, ich wär' ja so gern gereist!

Julie
(dreht sich gegen ihn, laut losplatzend).
Du Hasenherz, Du Schneidergemüth!

Polzin (drohend).

Julchen, ich sag' Dir, wer weiß was geschieht!

Julie (wie vorher).

Du Windbeutel Du! Du Renommist!
Ich denk', aus Lieb' zurückgekommen bist?

Polzin (gekränkt).

Wirst schon noch sehen, das nächste Mal!

Schmück
(vom Tisch her, sehr brummig).

Na, dann gefälligst ein Andrer bezahl'!

Polzin
(mit gestärktem Selbstbewußtsein).

Ich komm' schon immer noch mal rüber ...

Julie
(ihm den Schein vorhaltend, ironisch).

Du ... darfst ... ja nicht! Hier steht's mein Lieber!

Polzin
(Julien am Aermel zupfend.)

Ich sag' Dir bloß, ich thu' ja Alles!

Julie
(ihn mitleidig musternd).

Und jetzt? Und jetzt? Jetzt sitzst im Dalles!

Tornier
(belustigt hin und her, tritt näher).

Jetzt wieder mit Schnarren auf die Spitzbubenjagd!

12*

Polzin
(in seinem Rock wühlend, mit Selbstbewußtsein)·
Ich hab' Dir ja auch was mitgebracht …
(Er hinkt zum Arbeitstisch und zählt Geld auf.)
Siehst, Julchen, was ich nicht Alles kann!

Julie
(stürzt zum Tisch, mit Jubelruf).
Was, Geld? Hurrah, mein Herzensmann!
Mein Seel! Ueber vierzig Thalerchen baar!

Schmück
(wie von der Tarantel gestochen, auffahrend).
Ei sapperment! Warum nicht gar?
(Er watschelt näher.)

Jungfer Stawernack
(hinter ihm, mit letzter Anstrengung, verschämt).
Ein Jeder sein Zimmer natürlich apart …

Polzin
(in großer Rührung vor dem Geld).
Hast's Dir mit saurem Schweiß gespart …
Siehst, Julchen, auf Heller und Pfennig zurück …

Julie (überzählend).
Zehn, Zwanzig, Dreißig … Stimmt! Dein Glück!

Polzin (mit Stolz).
Das Geld für die Reis' nach Amerika …

Julie (überwältigt).
Komm' an mein Herz, Du Tausendsassa!

Schmück
(ebenfalls am Tisch, mit zärtlichem Blick zu dem Geldhaufen).
Die werthe Frau … Ja … Mit Verlaub …

Julie
(reißt sich von Polzin los, drohend vor Schmück).

Was fällt ihm ein?... Hier Straßenraub?

Polzin (argwöhnisch).

Julchen, was will er?

Julie (ihn streichelnd).

Ei nichts, mein Lieb!

(In edler Entrüstung zu Schmück.)

Führt sich hier auf als Kassendieb?
Die Hände weg!...

Schmück (noch zögernd).

Verdammter Spaß!

Tornier
(klopft ihm auf die Schulter).

Was Schmückchen, andermal lassen wir das?

Jungfer Stawernack
(Schmück unter den Arm fassend, verächtlich gegen Julie).

Ei kommt! Ganz unter unsrer Würde!

Tornier
(zu Schmück, mit Anspielung).

Darf man gratuliren zur süßen Bürde?

Jungfer Stawernack
(knixend, mit Siegesbewußtsein).

Herr Schmück that mich soeben engagiren,
Soll ihm als Wirthin den Haushalt führen!
Nicht wahr, Herr Schmück, ist Alles rein...

Schmück
(mit unterwürfigem Schmunzeln).

Die Jungfer sagt's. Wird wohl so sein!

Jungfer Stawernack
(selig, mit zärtlichem Blick).

Der liebste Herr den Arm mir reich'!

Julie
(mit plötzlicher Erinnerung).

Herrdumeingott! Der Porzelteig!
(Stürzt ab in's Nebenzimmer.)

Schmück
(immer noch mit Blick zum Geld).

Ei, hol' der Teufel solch Agent!

Tornier
(mit Bewunderung vor Schmück und Stawernack).

Famoses Pärchen! Höchst patent!

Polzin
(ängstlich nach nebenan).

Julchen wo bist Du?

Jungfer Stawernack (mit Abschiedsknix).

Kompliment!

Schmück
(sich plötzlich losmachend, watschelt zum Tisch).

Nur noch das Schluckchen, ein Moment!
(Er nimmt sein halbvolles Glas.)

Tornier
(ebenfalls zum Tisch).

Bravo! Darauf mal angeklungen ...
Der beiden Paare Lob gesungen!

Julie
(ist aus der Kammer zurück, Porzelteig im Arm, stürzt Polzin
in die Arme).

Mein Liebster ...!

Polzin (wonnetrunken).

Julchen, mein Augenstern ...

Jul—chen! Ich hab' Dich ja so gern!

(Beide treten verschlungen zum Tisch).

Julie

(ihr Glas erhebend.)

Sollst leben! Sollst leben, Du mein Einziger,
mein Wahrer!

Tornier

(sein Glas schwingend).

Hurrah hoch! Hurrah hoch, der Amerikafahrer!

(Alle klingen ihre Gläser zusammen.)

(Vorhang.)

———

Hergestellt in der Officin von R. Boll, Berlin 1893.

www.ingramcontent.com/pod-product-compliance
Lightning Source LLC
Chambersburg PA
CBHW022358020726
47500CB00002B/331